Reライフ文学賞 短編集 3

「Reライフ文学賞 短編集3」発刊委員会・編

文芸社

目次

星を見つめて

玉上　さと

二つ違いの姉は、小学校の低学年の頃にはもう、しばしば肩こりを経験する子供だった。思ったことをすぐ口にする単純な私と違い、気持ちをはっきり表さず、時に皮肉を言ったり黙ったりして、両親にも理解し難い部分があった。

そんな姉が小学六年の時に、貯めていたお小遣いで、小さな望遠鏡を買った。田舎のよろず屋で買ったので大した性能のものではなかったと思うが、ケースから出してはレンズを磨いて満足そうにしている様子を見ても、私にはその望遠鏡のどの辺りが面白いのか分からなかった。

中学に上がり、夕食の後やお風呂の後で姉の姿が見えないので探すと、その頃わが家の敷地の外れに設置されていた大きな石油タンクの上に、姉と思われる人影が望遠鏡を空に向けて佇んでいる姿を見かける機会が増えた。両親からは危ないと注意されていたが、その後も姉の密かな楽しみは続いた。

そんな姉は、その後もお小遣いを貯めては「月刊天文ガイド」を買って読み、一人ひっそりと星を観測しているようだった。日中空を見て雲の狭間にＵＦＯが見えると呟いたこともあり、やはり私には分かっていない部分の多い人だった。複雑で繊細な彼女は、人との触れ合いの中で神経がすり減ったり疲れた時に、自分だけの静かな世界を求めて星を見ていたのかも知れない。

私が高校生、姉が音大一年生の時、母が胃癌で他界した。

今思えば、姉が田舎の家を離れて大学生活を送り始めた頃に母の病気が発覚し、数ヶ月にわたる病院での付添い後の死去。色々片付いた時には、大学のカリキュラムも、友達作りも、自分の気持ちも、すっかりスタートに乗り遅れてしまったのかも知れない。

翌年の夏休みに実家で数週間一緒に過ごした時に、悶々としている様子の彼女に悩みを尋ねてみたが、私に話しても理解し得ないと思ってか、気持ちを打ち明けてくれることは無かった。

その後私が大学に入学した年のゴールデン・ウィークに、姉を誘って徳島の親戚の家などを電車で訪れた。いつも私と姉の間には目に見えない壁があって、一緒にどこかに遊びに行くことは皆無だったが、人見知りの姉が、その時は親戚の家を訪れる提案に異議を唱えなかったことが嬉しくて、何だか良い連休だったと思いながら私は大学生活に戻ったのだが……

その月の終わりに彼女は自ら消えて星になった。私は彼女が星になったと思いたかった。何が問題で、何か他に自分にできることは無かったかなどと、そんなことを突き詰めたり気持ちに正直になろうとすると、神経が参って正気でいられなくなりそうで、痛いところは見つめず、記憶を誤魔化すようにして過ごしてきた。

特に若い頃は心配する周囲の目を意識して〝普通に見える〟生き方を心がけていた。

その後父も倒れ、長い入院生活の後他界したが、その間私は、人並みに就職し、人並みに結婚し子供を育てる、それによって周囲の人に納得してもらう生き方を意識していたように思う。

そんな私は還暦を迎えた。仕事も続けているが、娘二人を嫁がせて心にゆとりができたのだろうか、近頃は姉のことを、娘の一人を見るような目で思い返す機会が増えた。そして気づくと、以前のように小さな痛みを感じることなく星を見つめることができるようになっていた。

東京の夜空は明るくて、あの田舎の石油タンクの上で見るような星空は望めない。私は暇を見つけては自宅近くのプラネタリウムを訪れるようになった。かつて姉が天文ガイドを読んでは星を観察していたのと違い、私はプラネタリウムで上映してくれる季節ごとの星座を見て星の名前や位置を覚える程度だが、次第に星の不思議に魅入られてきた。大井川の星空列車に乗って星を見に行ったりもした。山間の湖上から見た冬の星座は美しかったが、そんな星空さえも、ボランティア・ガイドの人によると、市街地が空に放つ光のせいで、昔ほどくっきりとは見えていないらしい。

　ある日ふと、昔姉が使用していた望遠鏡のことを思い出した。色々な事情から、数十年前に実家を畳んだ際、私が大切と思う物を、僅か段ボール箱二つ分だけ運び出していた。家族のアルバムが大半を占めていて、それは今でも東京のマンションのクローゼットに入っているが、姉の望遠鏡を持ち出したのか思い出せなかった。ところが先日、長年覗く機会がなくなっていた古い文房具を仕舞っている引き出しの中に、その望遠鏡が入っている夢を見て、まさかと思いつつ確かめてみたら、本当に文房具の奥に望遠鏡が入っていた。おそらく今のマンションに入居してすぐ荷物を片付けた際に、引き出しの奥に入れた望遠鏡が一瞬目に入り、記憶に残っていたのだろう。古い革製のカバーから望遠鏡を取り出し覗き込んでみたら、真っ白で何も見えなかった。これはおかしいと、あちこち回したりいじっていたら、レンズをはめ込んだ部分が突然外れてバラバラに。組み立てるにも、ケースに仕様書は入っておらず、仕方なくああでもない、こうでもないとパーツを組み合わせ、見た目は前と同じ状態に戻した。しかしそれでも覗き込むとやはり真っ白で何も見えない。試しに窓から遠くの景色を覗いてみても変わらない。ネットで検索してみて初めて、望遠鏡と天体望遠鏡の違いを知った。私は、両方の仕組みは同じで、単に望遠鏡よりいくらか遠くが見える倍率にしたのが天体望遠鏡だと思っていた。姉は星空を見ていたのだから、その望遠鏡は天体望遠鏡なのだった。

違いを理解した上であらためて夜にベランダに出て、とりあえず月を観察してみたら、今度は真っ白でなく、確かに〝何か〟は見えているものの、アメーバのようなものが一面に広がっている感じである。これはいわゆるクレーターなのか？　そう思ってピントを合わせようとしても難しく、自分が組み立て直した時に間違えたのか、古すぎて壊れているのかも分からなかった。それ以来時間があると図書館で初心者向けの天文の本を借りてきたり、夜にベランダに出てピント合わせを試してみたりしている。田舎に旅行するときは望遠鏡を持って行き、澄んだ夜空を観測するつもりだ。

年を経て過去の痛みが和らぎ、今までやってきた色々なことや経験が程良く組み合わさって、自然体でいられるようになった自分を感じる。かつて無我夢中でいた頃には得難かった、何気ない生活の中の楽しみをゆっくり味わうこと、こうして好きな書き物をすることもそうだ。

第二の人生なんていう、どこかではっきりした区切りのある大げさなものではないが、何となくぼんやりと、そんな〝もうひとつの側〟に移ってきた気がして、〝楽しんで生きますね〟と星を見つめて呟いている。

逢うことの始まりに向かって

川田　あひる

十一時二十分。

元町大丸百貨店前にある大時計を見上げて苦笑いした。

待ち合わせの時間まで、まだ四十分もある。

今日の正午、十四年ぶりに一人娘のみちると逢う。

開口一番、挨拶はどうしよう。

「みちる」、と呼び捨てにしてもよいものか、それとも、「みちるちゃん」なり「みちるさん」と声かけるべきか、百貨店の中へ吸い込まれるように消えてゆく人を目で追い、思案した。

みちるから突然、私の携帯にショートメールが届いたのは一週間前だった。

「新婚旅行のハワイのお土産を渡したいので空いてる日時を連絡ください」

みちるがどうして私のアドレスを知ったのかわからないが、結婚していたことに安堵した。

そのメールから今日のこの日まで、私はとんでもない緊張状態で過ごしてきた。

みちるは、お母さんと呼んでくれるだろうか。

みちるが楽しかった、と思える言葉を交わせるだろうか。

神にも仏にも祈ってきた。


十一時三十五分。

路上ライヴしている若者の唄声が、車両騒音にかき消されながら途切れ途切れに聞こえてくる。

なんだかずいぶん遠い場所にやって来た気がするが、自宅から歩いて二十分足らずだ。

大時計の足元を一羽の鳩が赤い細い足でペタペタと動いている。

おまえはえらいね。身ひとつで生きて。

大学二年生のみちるをおいて、夫や夫の両親や、夫の弟、夫の叔父たちとの二十三年の大家族の暮らしを捨て、飛び立つように、いや、飛び降りるように婚家を出てしまった。

別れは、私自身をも深く傷つけた。

幸せになれるはずもないのに、本と食器と、みちるが母の日にプレゼントしてくれたクリーム色の夏帽子だけ持って、いまいるワンルームに来た。

無思慮で無鉄砲で無防備だった。

そして、無欲だった。

夫は事務用品全般の会社を経営していて、潤沢な経済の中で暮らさせてくれた。私も商売人の両親に育てられたので贅沢はしなかったが、金の工面の心配は一切なかった。

ならば何故こんな行動に、と問われても私にもよくわからない、答えられない。

ただ、いつも衆人環視に置かれた日々に、疲れた、としか言えない。


十一時四十五分。

あと十五分でみちると再会だ。やめよう。こんな辛く悲しい後悔はやめよう。

私は引っ越して直ぐホームヘルパーの養成校に入学し、二級資格を取得し、働いた。今も現役だ。

永年勤続感謝状に添えられた八千円は高いのか安いのか。交通費も支給されない通信費もない無い無い尽くしの条件で、熱中症警戒アラートが発令されようが雪が降ろうが台風の横殴りの雨に傘を飛ばされようが、定刻を守り、利用者さん宅を訪問してきた。

努力した。

奮闘した。

事業所の所長にも、利用者さんにも、あなたは誰に対しても丁寧で親切でやさしくて、ヘルパーに向いていますね、と言ってもらえるようになった。

家族と別れてきた贖罪の気持ちが私をそうさせたのだろう。

よるべない失意の寂しさに自ら明かりを灯し、真新しい水をくぐりつづけ、不幸を幸せにして今がある。

今、みちるに逢えるのだ。

大丈夫。

「明るい方へ明るい方へ」まじないを口ずさみ、ハンドバッグから手鏡を取り出した。

微笑《ほほえ》んでみる。

大丈夫。みちるにもらったクリーム色の夏帽子も似合っている。これもＯＫだ。


十一時五十五分。

みちるとの約束までもう五分だ。高鳴る胸を鎮め、古い凝りをほぐすように耳の後ろをこすって、その指を嗅いだ。

大丈夫。

老人臭もない。

薄い水色の空にやわらかく雲が流れ、秋の気配を感じたそのとき、百貨店の山側、横断歩道をこちらへと渡ってくるみちるがいた！
真っ白のワンピースを着たみちるが手を振って笑っている。
私はその瞬間、決めた。
「みちる」、と呼ぶと決めた。
十四年前と同じように。あの頃と同じように。
すべてこれから始まるのだと熱いものが目頭にこみあげたが、私も笑った。
「やあ、みちる、元気だった？」
鼓膜が　震えた。

テッセンの花

馬渕　敬三

あの頃がいちばん幸せだったのかもしれない。

両親と祖母、兄と弟、私の六人家族だった。祖父は私が五歳の時に亡くなった、と母は何度か祖父が亡くなる前の様子を私に聞かせてくれた。座敷の間で床に伏している祖父が、私のほうに顔を向け、片手をゆっくりと伸ばし、おいで、おいでをするようにしたという。座敷の間に居た家族の様子を薄ぼんやりと覚えているような気もする。しかし、それは何度も母が語ってくれたことが私の頭にそのような映像をつくり上げたのかもしれない。

今の私はその時の祖父の年齢を超えている。なんという時の早さであろう、兄弟だけとなった今、言いしれぬ寂しさがこみあげてくる。

家はかやぶき屋根だった。会津地方の山間部に降る豪雪がかやぶき屋根に、昼となく夜となく容赦なく降り積もる。

中学生になった私は祖母と二階の一室に寝起きしていた。部屋は天井が低く、屋根の傾斜がそのまま部屋の天井となっていた。〝ギシッ、ギシッ〟と天井が鳴った。

「けい、(私の名)なんだって降るようだな」

祖母が言った。屋根の雪の重みで柱が押しつけられる音であった。床に入ってからの音に心配になったが、祖母は「だいじょうぶだよ」と言った。音は何度か鳴ったがしだいに止んだ。

「寝るのが極楽、極楽」と言って床に入る祖母の声が今も聞こえるようだ。床はわら布団だった。

翌朝、玄関は白いカーテンを降ろしたようにすっぽりと雪に覆われていた。わずかに雪の合間から青空がみえた。身支度をして玄関の雪を押しのけ外に出た。何日かぶりの晴天がまぶしかった。屋根は大人の背丈を超す雪だ、隣の家の雪掘り名人、よしかず兄(あんにゃ)はコウシキ(板状の雪掘具)持ってうちの屋根に上がろうとしていた。それを母に言うと、「よしかず兄はありがたい」と言った。そのときばかりでなく、母は、よしかず兄にはいつも助けてもらうとしきりに言っていたのを思い出す。

父は五人兄弟の長男であったので当時は当然のように家を継いだが、農作業や冬の雪掘りなどは苦手であった。

私が小学生の頃は、冬の間、雪のために本校に通えない生徒の季節分校の代用教員として働いていた。一度だけ父が一人で過ごす季節分校の部屋に行った記憶がある。一間の片隅に流し台があった。かたわらには一升瓶が並んでいた。部屋の外には家から持っていった古びた自転車が立て掛けてあったのを思い出す。自転車はペンキで黄色に塗られていた。

父は、威厳とか怖さなどはまったくない人だった。酒が好きで面白い人と周囲の人から言われるようであった。そんなふうに思われていることは母もよく知っていた。しかし、家長としての経済力のなさに母はいつも困っていた。長男という名のもとにわずかな農業だけに甘んじている父が不満であり、惜しいとも感じていた。冬の間の季節分校への出稼ぎは少しだけ母を助けた。

二月の中旬を過ぎると冬が峠を越しつつあることを感じるようになる。三月は冬と春の日が交互にやってくる。四月になると雪解けがすすみ、木々が芽生え誰もがほっとするかたわら、忙しい時期がまもなく始まることを気にし始める。

小学校の帰り道、田んぼが見えるようになると田植えをしている母の姿が目に入る。母は、腰をあげ私に向かって

「まんま（ご飯）炊いておいてナ」と叫ぶ、「わかった」と私は手を振った。

家に帰ると祖母は友達と遊びに出かける私におにぎりをつくってくれた。片手にようや

く持てる味噌のついたおおきなにぎりだった。それを食べながら友達とひとしきり遊んだ。

かまどには母が用意した鍋がかかっていた。蓋の重い大きな鍋だった。杉の葉に火をつけ、小さな木、しだいに大きな木を入れていく。鍋の煮え立つ音を聞きながら炊きあがりへと火を弱くして最後はじっと蒸らした。

夕食はご飯と味噌汁、漬け物ともう一つくらいであった。


祖母は私が二十八歳のときに亡くなった。会社に母からの電話があった。

「いま、ばあちゃん亡くなった」

あの時の、さみしく重い母の声はいまでも耳に残って離れない。急いで帰宅した。祖母は寝ているかのようであった。

葬式のときに、兄が泣いた。叔父がしかるようになぐさめていた。

父はその後、代用教員をすることはなくなった。古い家は建て替えられたが、一部は少し手を加え残された。そこで父は豆腐作りを始めた。帰宅したとき父をみると楽しそうにしているのにおどろいた。だんだん上手になっていき、町の店に置いてもらえるようになった。できあがった豆腐をバイクの荷台にのせ、出かけって行った。豆腐をつくるようになって父は体調もよく、元気になったようだと母は言った。豆腐作りから得られる収入はまったくなかったが、六十歳を過ぎてこれといった仕事を持たない父にとって、豆腐作りは自分ながらに考えたものであったにちがいない。

八十歳に近いころ、弟が父を心配して病院に連れていった。認知症の始まりだった。まもなく母は父の世話に追われた。

町の施設に入り、車いすの父を見たとき、顔は笑っているようだったが、さみしそうだった。

二年後、五月中旬のよく晴れた日、父の葬儀が自宅で行なわれた。家の庭を取り囲むように父を知る人の顔があった。

母が大切に育てたテッセンの花が盛んに咲いていた。

母は礼節を重んじる人であった。人に会ったら挨拶をすること、無言でやり過ごさないこと、他人の親切、思いには感謝をすることの大切さを自分の経験を交えて語った。母は、九人兄弟の長女として生まれ、その性格は父親ゆずりであることを叔父、叔母から聞き、私もそうであることを感じていた。母のもとには、よく叔父、叔母が訪ねてきていた。

母は、若くして亡くなった弟妹の母親代わりのような存在だった。

帰りには畑でとれた野菜などをたくさん持たせた。

母は、自分から出歩くことは少なかったが、近所との付き合いがどんなにか深いものであるかをみることができた。物を持って来る人が多く、母は、お茶や酒でもてなした。

兄と私、弟は正月、盆をはじめ時々母の顔を見に行った。それぞれが家庭を持つと子供を連れてにぎやかだった。

振り返ると、そのような時期は一瞬だったような気がする。

会社での定年を迎えるようになると、それぞれが一人で母に会いに行くことが多くなった。

夜遅くまで話した。施設にいる父のこと、兄の離婚のこと、私と弟の嫁のこと、兄弟、親戚のこと、隣近所のこと、そして自分が入院し、その後の体調と今後の心配など。

父が亡くなった翌年、母はガンの手術を受け入院した。その時は母の弟妹が病院に駆けつけ、母を励ました。幸いにも母は回復し、家に戻ることができた。母の生活を懸命に支えたのは弟であった。会津の中心部に家を持つ弟は仕事のかたわら、病院への送り迎え、買い物、雑事にと母を助けた。しかし母は三人のどの子供の家にも身を寄せることができなかった。

弟は家庭の事情があったにせよ、母を引き取ることができなかったことに涙を流した。

そして母は、こう言った。

「けい、どこに家を建てるんだ」

その時、私はすでに東京の郊外にマンションを買っていた。

私は曖昧な返答をした。

母のその言葉は、私が建てた家で過ごすことを望んでいたことだった。後になって痛いほど知った。今思うと自分ひとりでも母のもとに駆けつけ晩年の母と過ごすべきだった。

今はただ、あの時そうしておけばよかった、父、母が言ったことはそういうことだったのかと胸に突き上げてくる。


猛暑が始まった七月の下旬、母の三回忌に実家へ行った。

今は住む人がなく空き家となった家を弟がきれいに掃除をしてくれていた。兄弟三人と母の妹夫婦だけの仏間に読経が響いた。母の遺影に手を合わせた。

庭先で弟に聞いた。

「ここにあったテッセンの花はどうした」

「去年の大雪でだめになってしまった」

みると、根元の茎がわずかに残っているだけだった。

テッセンの花は母のあとを追ったような気がした。

階段

花岡　蝶太郎

まさか自宅の階段から落ちるとは、考えたこともなかった。何しろ自宅は、私が20歳代の時に、かなり無理をして一戸建てを新築したもので、もう40年以上が経過しており、家屋の隅々まで知り尽くしているからである。

一人息子の部屋が二階にあったが、大学入学と同時に、空き部屋になってしまった。大学は京都なので、この神戸から通学は可能であるとも言えるが、授業の都合とやらで、大学近くの寮に入ったのである。当初は帰神することもあろうと、息子が使っていたままの状態にしておいたが、一向に帰らないので、徐々に私が使うことになり、今では完全に私の部屋となっている。つまり二部屋を占領しているのである。

こんなことで、私は二階を主たる生活の場として、用事がある時だけ一階と二階をつないでいる階段を使うことになる。もう体が階段に慣れ切っていて、目を瞑《つむ》っていても危なげなく上り下りができるのである。勿論手摺りはあるが、使うことはなかった。

落ちたのは、夕方、珈琲カップを右手に、新聞を左手にして、いつものとおり一階に下りたのである。ところが14段ある階段の、下から5～6段のところで、履いていた靴下が滑り、というのは格好の良い言い方である。有り体に言えば、足が弱っていたのか、少しよろめいた足を支え切れなかったのである。ものの見事に下まで落ちることになった。何回も腰と背中を階段に打ちつけた。右手のひじにも衝撃を感じた。何故かカップと新聞は、持ったままであった。

この落下音を聞きつけて、妻が「どうしたの」とかけつける。大きな家屋ではないので、このくらいの異常な音があると、すぐ分かるのが便利と言えば便利である。私は、痛みがひどいので、直ぐに動くのはまずいと思い、その場でじっとうずくまった。

「落ちた」というのが精一杯である。

「どこから」。どこからって、空から落ちるわけがない。

「階段から」と痛みの中から声を絞り出す。落ちる途中のことを思い出すと、頭を打っていないことは確かである。腰と背中がやけに痛い。右ひじがひりひりするので、見ると血が吹き出ている。階段の板に打ちつけて皮が破れたか、擦ったためであろう。いずれにしても救急車をお願いするレベルではないと思う。妻に救急箱を持ってくるように頼んで、しばらく横になっていた。

　一人息子は、一浪で入学した京都の大学を無事卒業して、建設会社に就職した。大阪に支社があるその会社で、社内結婚となった。二人とも経理部門に勤めていたため、親密になったらしい。結婚に至るまでの事情は、妻が詳しい。私は、言われることに首を縦に振り、結婚式で花婿の父親としてのスピーチを務めることになった。スピーチには、気合を入れて文案を練り、妻に添削を頼んだ。それを何度も読み返して、舌を噛まないように練習したものである。

　そんな結婚式からしばらくして、息子は東京の本社に転勤となり、細君は退職した。息子の会社では、結婚をしたり自宅を新築すると転勤になるという噂がまことしやかに流れていたらしいが、正にそのとおりの転勤になったのである。それからもう10年近くになる。子どもは、長女が幼稚園年長、長男が同じ幼稚園の年少になっている。この一家が、久し振りに孫たちの夏休みと、息子の休暇の時期を合わせて、帰神したのである。

　息子一家を迎えるのは、大変である。妻は、滞在期間の食事をどうするか、献立を決め、食料の買い出しをする。寝具の準備は、押入れにある予備の布団などを確認して天日干しをする。孫たちが退屈をしないよう、玩具が揃っているか点検する。しかも、普段と違って、なお一層部屋の掃除に力を入れる。階段は、掃除というより磨き立てているのである。

食器に留まらず、食器棚まで念を入れて綺麗にする。綺麗好きの性であろう。まるで大掃除の様相なのである。

私は、孫たちには、東京で経験できないことに挑戦してもらいたいと考えて、遊びのメーンを「蝉捕り」にした。最近、虫捕り網を持った子どもを見かけることがなくなった。こうした時機は、逆に蝉捕りのチャンスと思う。東京には何でもあるが、さすがに自然には恵まれていない。蝉は、息子らの住むマンションの近くでは鳴いていない。もう三十年くらい前に、この神戸で息子と一緒に蝉捕りをしたが、孫には教えていないだろう。そう思うと、思わず笑みがこぼれてきた。

まず、孫二人、息子それに私の分を加えて、四人分の蝉捕り網がほしい。竿は長めで、木の枝に引っかかり難いように、網の口径が小さいものがよい。こうなると、市販のものより、手作りに限る。昔取った杵柄で、竹の棒を繋ぎ合わせて柄を作り、針金と薄い布で網を作った。

この蝉捕り網と、大掃除に近い諸事に付き合うと、息子一家の顔を見る頃には、疲れ切っていたのであるが、空元気で、「よく来た」と、笑顔を見せた。

自宅の階段から落下したことは、黙っていた。親の威厳がなくなるからである。ところが、階段のことは話題にしないと、妻と打ち合わせていなかったのは、忙しさに紛れての不覚であった。妻が、私の足が弱っているのではないかと心配そうに、全員が集まっている食事時に話題にしたのである。

「じいじ、大丈夫?」と、心配の声が上がった。怪我の話が膨らんで、誰それさんは、普通に道を歩いていて、側溝に落ちて骨折で入院をしたが、若い者と違って簡単に回復できなかったという事例が話題になっている。私は、まだまだ元気だし、第一、骨折をしていない。確かに、階段から落下したが、打ち身と擦過傷だけで、それも医者に診せるほどではなく、湿布薬と傷パッドで治ったと、声を大きくして弁明したかったが、その間もなく話題は、孫たちの幼稚園の行事に移ってしまった。

食事の後、孫たちは、私が落下した階段で遊び出したのである。東京のマンションには階段がないことから、珍しいところと感じたのであろう。ピカピカに磨かれた階段は、幼い孫たちには危険な場所である。

「じいじが落ちたのよ」「ふうん」と、言葉を交わしながら、二人は階段を上ったり下ったりする。大人たちからは、私に「落ちないように見てやって」と声がかかる。落ちた本人が、落ちるかも知れない孫二人を、こわごわ見張るのである。

三泊四日となった息子一家の里帰りは、おおむね想定どおりにスケジュールが進んだ。さすが我が妻である。読みが深い上に準備に遺漏がなかったのである。大汗をかきながら作った蝉捕り網は、遂に日の目を見なかった。階段ばかりに脚光が当たったように思う。

私の怪我と、マンションにない物珍しさと、ピカピカに磨かれた感触が良かったためであろう。

一家が東京に帰ってからも、孫たちと階段のことで電話をした。また神戸に行きたい。階段でもっと遊びたかったと言われて、妻は、ますます階段の掃除に力が入ることだろう。私は、もう二度目の落下はないと、手摺りをそっと撫でたのである。

赤い月

杉本　紀美子

私は、その日、故郷の篠山に居た。

盆地特有の、見渡す限りの山、山が連なり目の前にはたんぼが続いていた。初秋のさわやかな風がほほをなで、おだやかでなつかしい空間であった。

一軒の平屋造りの庭に、にぎやかな風景が広がり、私はその中に居た。老若男女、30人程の血族が集いバーベキューを楽しんでいる。

肉を切る者、野菜を焼く者、小皿に分ける者等、誰に言われるでもなくそれぞれが、てきぱきと動き、子供達はひたすら食べ、大人達は酒を呑み、とりとめもない話で大笑いしている。

皆、時の経つのを忘れていた。

とっぷり日が暮れた。

私はふと、空を見た。

みつけた！

稲穂のずぅと先にぽっかりとまんまぁるい月が浮かんでいた。

「わぁ　お月様やぁ！　見て！」

「きれいやなぁー」誰かがポツリと言った。

みんなを照らすかの様に、だいだい色の赤い月が、笑っている。

長老が　叫んだ。

「おばあちゃん　来はったあ！

皆　仲良ぉ　楽しんでると喜んではるんやに――」

「ほんまやぁ！」私は心が震えた。

虚弱だった私に少しでも多くごはんをスプーンで食べさせてくれた祖母……が会いにきてくれたぁ。

私は子供の頃聞いたことがある。祖母の念願は、村じゅう子孫で溢れる程、子宝に恵まれた一族になれること、であった。

一同お月様に向かって頭を垂れた。

「ありがとう、俺達《ら》頑張るでぇ」

弟が言った。

祖母の名前は
〝李月順《リウォルスン》〟であった。

必要とされたいのち　―ブルーのハンカチ―

浦田　カズ代

あの子のお祖母さんは、お母さんは、そしてお父さんはご健在であろうか。ずいぶん昔の話を思い出す。あの子とは、めぐみさんのことである。中学・高校の教員として奉職していた頃、このめぐみさんに出会った。少々遠距離通学でもあり疲れもあろうに、若さであろうか欠席もなく元気よく通学していた。

その学校には当時、年間行事の一つに「家庭訪問」という職務があった。年度初めに行うことが慣習で、五月の連休明けまでかかった。電車やバス、あるいは汽車で訪問できる地域まで出かけて行き、ご家族に会い、学習環境を拝見するためである。家庭訪問当日、生徒たちは格別に整理整頓した勉強部屋を見せてくれる。訪問する側も心が引き締まる思いであるが、これが教育における指導の一環でもあった。

そのめぐみさんのご家庭を訪問し、どのような家庭環境であったか、鮮明には覚えていない。しかし、懇談会や彼女と交わした話から、彼女のお祖母さんにお会いした記憶は確かにある。今にして思えば、そのめぐみさんは大きな重荷をひとりで背負って生きている生徒であった。


生徒たちとは時折、面談をする機会もあった。

ある日の放課後、わたしは美術準備室にひとりでいた。そこにめぐみさんが訪ねて来たのである。話をしているうちに、突然、

「先生！　わたしはこの世に必要として生まれてこなかったのです！」

彼女は例えようもない激しい勢いで泣きじゃくりだしたのである。これまで生徒たちの口から聞いたこともない、驚くべき言葉であった。彼女の心は、今まで信じて生きてきた自分の人生の全てがまっ白に塗り替えられ、白紙に返ったように空虚で、しかも何かにしがみつきたくても掴むものがない、大海原に投げだされた状態というのだろうか。何かが誰かが自分を救い上げて抱きしめてほしいという心境であったのだろう。泣いて、泣いて、泣きじゃくる彼女を、どのような言葉で慰めてあげるべきか、わたしには発する言葉もなかった。このような言葉が、どこからどのように出てくるのか、わたしは疑問の渦中に巻き込まれつつも、耳をそばだてながらじっと聞いていた。

彼女は、祖母と共に生活をしていた。祖母は「この子には、せめて『恵』があるように、『めぐみ』と名付けました」とおっしゃっておられたことを思い出す。彼女が祖母と二人の生活を意識したのは保育園の時であったという。

「おばあちゃん、園のみんなはお母さんのこと『お母さん』と呼んでいるのに。なぜめぐみは『おばあちゃん』と呼んでいるの？」と尋ねたようだ。彼女は幼いながらも納得いく答えを得て、その後疑問を感じることもなく順調に成長していった。

ところが高校一年になったある日、彼女の両親が祖母を訪ねてきたというのだ。その理由はわからないが、めぐみさんにとって本当の両親を知ったのはこの時であったという。

乳飲み子であったわが子と別れて後の初の出会い。母親は成長したわが娘を喜ばせたい一心で、何か叶えられることはないかと尋ねた。多少赤毛の髪であった彼女は、普段から校則で茶髪と疑われるのが心苦しく、それが気になりストレートの黒い髪型のパーマを希望したという。ところが自らを縛るものから解放される自由の境地も束の間、パーマは校則違反にあたる。それもまた、彼女にとっては大きなショックであった。美術準備室での話は、このように尽きることなく続いた。

生まれて初めて出会った母親からの愛情のしるしは、喜びを共にするどころか、空しくも無意味なものになってしまった。そのうえ両親訪問の最終の夜に、彼女にとって聞き捨てならない真実を知ることになったのである。両親との出会いの喜びは、現実とは言え、儚い夢のような出来事であったのだろうか。祖母と両親との間で彼女の出生時の親権についてのもめごとがあったらしく、祖母は彼女を引き取り、実の娘として育てたということを知ったのである。

夜更けまで揉めた大人たちのこれらの会話の中で、彼女は「自分はこの世に必要として生まれてきたのであろうか、必要とされなかったいのちではなかったか」という現実を目の当たりにし、底知れず深まりゆく孤独感は極限に達していた。そして自分といういのちの存在の意味をひたすら問うていくのであった。

「女が自分の乳飲み子を忘れるであろうか
母親が自分の産んだ子を憐れまないであろうか。
たとえ、女たちが忘れようとも
わたしがあなたを忘れることは決してない。
見よ、わたしはあなたを
　わたしの手のひらに刻みつける」
―旧約聖書（日本聖書協会）：イザヤの書49章15～16a節―

紀元前八世紀の預言者イザヤの言葉である。わたしは時代を超えても「いのちは神の愛の表現として創られた」というこの普遍的な聖書の言葉と同時に、かつてインドのマザー・テレサのいのちの存在の話を思い出しつつ、泣きじゃくるめぐみさんを全身で抱きしめ慰めた。

「あなたは、神さまから必要とされたから、このいのちを頂いたのよ」

頬に流れる涙は尽きることを知らない。わたしは自分のポケットからブルーのハンカチを出して、彼女に差し出した。


この一連の出来事の後、わたしは別の姉妹校に転勤することが決まった。傍にいて少しでも見守りたい、見守ってあげなければならないと思いつつも、その願いは叶わなかった。最後の学籍簿を書き終えて後、いよいよわたしの出発の日も近づき、空路で旅立つことになったのである。

空港には何人かのシスターと生徒の代表のように、このめぐみさんが見送りに来ていた。しかも真心こもる贈り物の数々を両手に携えていた。「先生の好きなブルーにしました」それは、ブルーのハンカチ、ブルーのティーカップのセット、そして美しい花束であった。どれもこれも、わたしが彼女の力になった御礼としては、あまりにも過分な贈り物である。

ブルーのハンカチは、転勤後もアイロンをするたびにめぐみさんのことを思い出させてくれた。ティーカップも後日、大学の研究室で退職するまで壊れることなく思い出を共にした。

問題はその美しい花束である。空港での搭乗手続きを前に、手荷物も多かったのか、遠距離の旅のためか、若気の至りか、「お花は着くまでに傷んでしまうので、学園の聖母マリアに捧げてもらいましょうね」と、わたしは頂いた花束を無駄にしたくない一心で、無造作にも見送りに来ていたシスターに預け、その地に置いていくことにした。なんと「わたしは必要として生まれてこなかった」その思いに苦しむめぐみさんに、実はわたしまで知らず知らずのうちに心なくも同じ思いをさせていたのである。

今にして思えば、その必要とされたいのちへの眼差しは、ひとりの人間ではなく、植物である花に向けられていたのである。意思の確認をしたのかどうか、つまりその同意があったのか、考える余裕もない瞬時の決断であったが、わたしはその優しいめぐみさんの心に大きな傷を与えてしまったのかもしれない。花のいのちが絶えたとしても、荷物がどんなに多くて重くても、その優しい心を受けとり持っていくべきではなかったか。後になって悔み悔まれてならなかった。その後、彼女にお礼の手紙を書いたが、返事は一通も受けることなく時は過ぎて行った。

あれから半世紀近くになる。あのめぐみさんはどうしているだろうか。無事に卒業し、仕事は見つかり、食事はまともに摂れていただろうか。素敵な方に出会っただろうか。結婚してしあわせなご家庭を築いただろうか、様々な思いが心をよぎる。ただ、いのちをくださった父なる神様の温かい愛の眼差しに、十分に応えて生きてほしい。それだけの祈りしか、わたしにできることはない。

今日も一日が暮れる。めぐみさんと浴びた同じ太陽が、今日という日の最後の陽光を赤く染めながら刻々と山陰に沈んでいく。明日の日の喜びと希望、そして恵みの数々を待ち望みながら——。

いまから

大藤　哲生

上京を考えるきっかけになったのは東京の弟からの電話だった。心不全で緊急入院した母が近々退院できると言う。退院後は母の希望に沿って住みなれたアパートでの介護を考えている。仕事を辞めて介護に専念したいと思っている。電話の弟の声には母の退院できる喜びと仕事を辞めることを思いきれていない吐息が洩れ聞こえてきた。私は妻と相談した。私は定年退職後古希を過ぎてホテルの夜間警備員をしている。独身の弟は一昨年定年退職し元の職場で嘱託として働いている。父が亡くなってからは母と同じアパートで親一人子一人の暮らしをしてきた。これから弟は退院した母との暮らしや年金などの経済的なことも考えていかなければならない。妻は息子や娘にも相談して言った。「今まで親孝行できなかった分、しっかりお母さんのお世話をしてあげて下さい」私は気丈夫な妻の言葉に背中を押され単身上京した。

アパートは昔のままだった。コロナ禍の4年前に元気だった母に会いに来た時以来だった。海に近い松の木が多い風景も変わりはなかった。買い物客でにぎわっている近くのスーパーをながめていると見なれた日常に何の違和感もなく40年前のそのままの生活の営みの中にいるようだった。しかしよく見るとまわりの景色が無関心を装い私をよそ者と見ているような感じがあった。何よりも久しぶりに会った母に私の名前を呼んでもらえなかったことに驚いた。「入院して心不全は改善したが足腰がすっかり弱くなり物忘れも進行しせん妄も見られる」弟が説明してくれた。耳が遠くなった母はなつかしい笑顔で私を見ているがその目の奥にこの人は誰だろうかと私をいぶかしむ光が宿っていた。無理もない。見た目には元気そうでも卒寿を過ぎた母が孤独な毎日の暮らしに耐えていくためには何かを犠牲にしなければならなかった。現実と相容れないなつかしい思い出などは真っ先に記憶から消えていくべきものなのだろう。さらに2週間の入院生活は母にとって闇の中に放り込まれたようなものであったに違いない。退院して自宅に帰ってから環境の変化により少しずつ母は元気をとり戻してきつつあるようだった。この現実に私は母と一緒にいる。弟が帰宅するまでの間家事や介護で時間が過ぎていく。弟と私を見る時の母の眼差しには確実に隔差があった。悲観しているわけではないが私は母の記憶の中では赤の他人に近い存在だ。私と弟が二人三脚で母の介護をしていくためには私が変わらなければならないと思った。そして半世紀前に思いをめぐらせていった。父はふる里での失業を機に将来の夢を東京にかけて家族は上京した。身知らぬ町で頑張る不退転の覚悟を示すためすぐさま住民票をこの地に移した。安定した公務員の道を選んだが給料は安かった。その分母が看護師として働き家計を支えてきた。私も日雇いアルバイトをしながら次第に東京の町になじんでいった。

大学へ行きたい、私の気まぐれな一言に両親は喜んだ。将来に明かりを見たのかもしれない。この両親の意に反して大学卒業後は就職難の時代ではあったが定職が見つからず私はアルバイトで稼いだ金で酒に酔い街に酔っていった。分不相応なところで酒を飲むようになると借金を重ねた。少ない給料でもそれなりにやっていけば両親を月一回の食事につれていくぐらいはできないことではなかった。両親も大学を出た息子からそんな声を聞くことを楽しみにしていたに違いなかったが私は両親を一度も喜ばせることはなかった。日が経つにつれ借金も増え私の生活は自分でも分かるほど荒んでいった。そんな時父がふる里に新しい大学が建ち事務職を募集している話を聞いてきた。父は心身ともにボロボロになった私にユーターンを勧めた。「お前に東京の水は合わない」父は母と相談しての判断だった。母は黙っていたが私を思う気持ちは手にとるように分かった。出来の悪い子ほどかわいい。私は事務職に応募することを決めた。

かって上京する時は不安もあったが心の中に小さな夢もあった。ふる里へ帰る私の心は夢破れ夜逃げでもするようなみじめさだけが残っていた。父が私に長い手紙をくれた。16

才の時に夢をもって単身中国に渡りトイレの灯りで勉強したこと、帰国後苦しい生活の中で家庭を築き歩いてきた長い道のり、そして家族を誇りに思っていることがきちょうめんな字で書かれていた。最後に巨星地に落つ、と結んであった。父は私が就職した大学で定年退職を迎えたその年の暮れに亡くなった。亡くなる前入院していた父を見舞いに行くと無言で孫の手を握りしめた。「じいちゃんの手は強かった」孫は驚いていた。強く生きてほしい願いが込められていたのだろうと思った。

母は看護師として古希を過ぎてまで働いた。退職してからは家事をすることが楽しみになった。洗たくが好きだった。今でも一日に何回も「雨降っているの」と聞く。天気が気になる。足の骨折や心不全で入退院を繰り返していくうちに母の楽しみはなくなっていった。そんな母の唯一の楽しみは弟だった。独身ということもあるが弟はいつも母と一緒にいた。母の好物や旬の食材を仕事帰りに買ってくる。母が楽しむことが弟の生きがいになっている。「貧乏の時にしっかり育ててくれたから今そのご恩を返しているだけだよ」と弟は言う。私の存在は母の目の端に映っているに過ぎない。耐えて克服しなければならない壁が目の前にあった。私は介護と家事の合間に勉強をしている。気分転換になり楽しいが一方で本来自分は何をすべきか、この答えを模索している。介護は介護する者が心身ともに強くなければならない。母との会話の中で何度も同じことをくり返すことで気持ちがまいってしまうことがある。家庭や施設で介護されている老人の悲劇が報道されている。

他人事ではない。毎日が真剣勝負だ。そんな時ふと母は意図的に私を試しているのではないかと思う。子育ての総仕上げとして私に試練を与えているような気がする。ある時、「母さん、愛しているよ」今まで妻にさえ言ったことのない言葉をつぶやいていた。自分自身に驚くとともにトンネルの先に明かりが見えたような気持ちになった。しかし先は長い。私は好きな酒を止めた。これは覚悟していたことの一つだ。ふる里へユーターンした原因が酒であったことから再度の出発の際に酒を絶つことは私の絶対条件だった。体にしみこんだシミはなかなか消えなかったが私は試練を克服することができた。そのことにより勉強する楽しみも増えた。しかし楽しむだけでいいのだろうか。弟が言った、「勉強する時はもう終わったよ、具体的に何かに取り組む時だよ」確かにそうだ。私にできることは何だろうか。今までの勉強は何だったのだろうか。今母といるこの時に今までの勉強が集約されているならば介護をすることがすべてではないだろうか。しかし母はそれを望んでいるだろうか。もっと勉強をしなさい、そんな声が聞こえてくる。私はまだ75才、若くはないが老けてはいない。やるべきことはある、母を見ながら思った。母は看護師さんが驚くほど元気になり体重も増えた。あの人と私を呼んでいた時もあったが今では兄ちゃんと呼んでくれる。時々、弟の車で外出できるまでになった。ふる里の妻や子供達は「奇蹟だね」と喜んでくれている。今、私達は一番輝いている時かもしれない。この幸せな日々が長く続いてほしいと願っているが不測の事態も覚悟しておかなければならない。いつ、何が起こっても不思議ではない。しかし遅まきながらも親孝行らしきことができるのは大変有難いことである。この喜びにまさるものはない、と思いつつ介護と私にもできる社会貢献が両立できないものかと考えている。ようやくスタートラインの白線に立つことができたことに感謝しながら父が歩いてきた道のりを継いでいく覚悟を新たにしている。

人生、二人三脚で

渡邉　曙美

「あと少しで自由な時間一杯の日は来る」

と、楽しみにしていた退職間際の時。数年早く退職していた夫が政治に目覚めたのか市議会議員選挙に立候補した。

「選挙に勝つためには、奥さんの動きがカギを握る」と言われた。思い描いていた第二の人生設計がひっくり返った。

幸い地域の方々、友達、親戚からの応援もあり、無事当選。一息つく間もなく、ここからが大変だった。地方都市の議員とはいえ、市民から選ばれた政治家の端くれである。

地境の問題、崖の整備など、地方議員ならではの物事が結構あった。何とかしたいと夫は、日々駆け回った。

また、市民病院の合併問題も持ち上がり市民の声、病院関係者の声を聞くなど気苦労も多々あった。そんな夫が倒れないようにと食事に気を使うことしか私にはできなかった。議会のないときに、退職金を活用。無理矢理夫を誘い海外旅行を楽しむことにした。英国、ニュージーランド、中国、トルコ等々へ足を運んだ。日本から離れたこの時だけは、本当に心安らぐひと時となった。夫も同じであっただろう。笑顔がそこにあった。歴史的建造物を見たり、自然に包まれ手足を思いっ切り伸ばしたり、非日常の生活を体験した。

これが、思い描いていた我が第二の人生の喜びだ。撮りためた写真が棚に並んだ。この生活が一変したのは、二度目の選挙に当選した頃であった。夫に前立腺癌が見つかった。放射線治療に二か月間通院。二人してがんセンターに。「これで、治療は一応終了です。次は一か月後に来てください」と言われた時の何とも言えない思いを忘れることはできない。幸い再発することもなく今に至っている。

夫は、また議員として働いた。

私も負けてはいられない。できることは何かあるはずだ。余っている時間を無駄にしてはならないと。そこで、思いついたのは、通信教育で資格を取ることだ。できる講座は何かと見つけたのが「紅茶コーディネーター」「紅茶学習指導員」であった。半年で手に入れることができ、公民館で講座を開かせていただけることになった。やりがいがみつかった。年二回から三回の講義は、受講者も笑顔で参加していただき、和気あいあいとした中での講義となった。

夫は三期、続いて四期と市議会議員の仕事に励んでいた。これからが本当に充実した第二の人生が始まるんだとそれぞれ自分の道を見つけて歩んだ。夫は、十六年に及ぶ議員の仕事をつっぱしったと言えるだろう。公の仕事を辞めてからは、好きな読書に没頭した。

私も茶道と香道を楽しもうと入門。

ゆとりのある日々、コーヒータイムも楽しめた。このしかし、この静かな時間は長続きしなかった。難病の「類天疱瘡」を発症。二か月に及ぶ入院治療。幸い寛解し退院できたが、今もステロイド剤を飲み続けている。

「今度こそ、もう大丈夫だね」と顔を見合わせて喜んだのもつかの間。「心臓が苦しい」と救急車で病院へ担ぎ込まれた。診断結果は、心臓弁膜狭窄症。手術が必要。

いつになったら安心して、穏やかな暮らしができるんだろう。暗い気持ちのなか、子どもたちの勧めもあり入院手術。今度も無事、手術は成功し退院できた。

夫はまた読書に明け暮れ。夫の世話と趣味。この毎日が私の生活。結構充実している。

今では、どんなに小さくても二人でいれば幸せだと思えるようになってきた。こんな第二の人生も悪くないなあと感じている自分に驚く現在だ。

そんな中、夫の市議会議員時代の功績が認められたのだろう、「旭日双光章」をいただけることになった。

この時、娘の言った「お母さんがいたからもらえた勲章だよ」の言葉に涙がこぼれた。

退職後二十年に及ぶ第二の人生、決して楽しいばかりの人生ではなかった。山あり谷ありの人生。これもまた楽しからずや。

二人で一緒にいること。二人で毎日食事が一緒にとれること。欲張らなくていいこと。これが、やっと見つけた幸せであると、つくづく思う毎日である。一馬力プラス一馬力は二馬力ではない、一馬力半の二人である。静かで穏やかな第二の人生。これもまた、我が人生である。

私の青空

橋本　きく江

スーパーの店先で見つけたチューリップの球根を買い求め、暫く玄関内の下駄箱の空きスペースに置いていた。例年なら、10月に入って天気の良い時に、夏に賑わっていたポーチュラカを惜しみなく抜き去り、その後のスペースに植えこむ。

しかし今年は、何時になったら植え込み出来るかなあ……と呟きながら、庭の花壇を見つめて1か月が過ぎようとしている。約30年前に、夫が作ってくれた花壇を囲う石板が劣化して割れてしまい、堰き止めていた土が崩れ落ちて情けない状態になっていた。

割れた石板を片づけたいが、どこに運ぶか？　運び出せても、どうやって花壇として復帰出来るのか？　堆積した土の容積は相当な量だろうから、一時的にでも運び出して、囲いを修理する作業量は大きい。どう考えても、今の私の体力気力では賄えないし知恵もない。

2年半前に私の父親の介護が終結して、夫と2人暮らしになっている。子供達は独立して別の市内に住んでいる。花壇の修理を頼める人は、目の前の夫しかいない。

性格不一致、価値観の相違が基で、45年間の夫婦生活は山あり谷ありで振り返るのもちょっと恥ずかしい。一緒に仲良く買い物をしている高齢の夫婦の姿を見ては、微笑ましいなあ……と思いながら、私たちはお互い気ままに行動する生活を選択してきた。さて、どうしようか？

感情の起伏が大きい夫が、気を許せるタイミングを見計らっての「花壇改修工事」の発注を決行した。元、大工さんの職歴ありで、拘《こだわ》りありでの夫の反応は、「ふーん」で止まり、返事には数日を要した。アルバイトも辞めて専業主夫になって数か月、毎日が日曜日の夫が出した結論が、囲いをアルミ板の波板で作り、土を一旦掘り出して解《ほぐ》し元に戻すという。結論が出るまでの間に、花壇の土を全部撤去して空いたスペースに土台を作り、プランターを設置する案も有ったが、私が拒否。プランターの土の管理も負担になることが分かっていたから……。父母が残していた古びたプランターを処分する作業を経験していた私に、選択の余地は無い。干からびたカチカチの土を空地に移し、軽いとは言え膨大なプラスチックの塊にウンザリした記憶が蘇る。夫が出した、今目の前にある花壇内の土の再利用案に合意出来た、捨てる物は、割れた石板と解した土の中の枯れた根っこだけになった。

発注してから改修が終了するまでに2週間。10月も半ばに差し掛かっていたので、下駄箱の中の球根を取り出し、私の休日の日曜日の早朝、27個植え付けた。解された土は柔らかく、植えこむ深さを確保する手作業の負担が軽く済んだ。そして、改めて夫に感謝した。何時も台所で言い争いが絶えないが、その日は素直に受け止めた。言っていることも、間違ってはいない、私がちょっと調理器具の戻し場所を決められた位置に置かなかったのは、私のミスだ。以前なら、「うるさい、いちいち、何処でもいいのに、ぶつぶつ言う」と反発していた。

感謝したり、反発したり、これから2人で何とか暮らしていけるのは何時までなんだろう……。67歳と68歳の夫婦ふたり暮らしは、静かに日々を重ねていくのだろうか？　誰にも分からないから、面白いのかもしれない。同じテレビを見ても、全く感じ方が違って、解釈も別で、音量の許容範囲も違う。滅多に意見が合わない2人が同じ屋根の下で、静かにお互いの気配を探りながら、今日の青空を窓越しに見上げている。今年の春に咲いてくれた真っ赤なチューリップの前に立つ私と5歳の孫のピースサインの写真の前で、来年の春を思った。同じ位置に同じ数だけ球根を植えた満足感に浸っている。

毎週、娘に近況メールを送っているが、花壇改修計画作戦完了と伝えた。ピースサインの孫の母親でもある娘に、安否確認を兼ねて私達夫婦の現在地をリポートし続けたい。

きつねうどんの恋

大西　亥一郎

（あ、あかん！）

うどんと汁が喉の方に寄り道した。

喉の奥から猛烈な反撃が起きてくる。吹き出しそうだ。私は椅子に腰掛けたまま、きつねうどんの鉢を置いた。そして、箸を持ったままの右手のひらを口に当てた。その間ほんの1、2秒のことである。

吹きだした。

手を当てている。しかし、咽《む》せた勢いの咳き込みは、細かい霧となって指のすき間から前方に飛び出している。

（あ、あかん！）

目の前の席には、8歳年下の見合いの相手が座っている。きつねうどんの鉢を手にして私を怪訝に見つめている。そこに、うどん汁の霧が降りかかっている。

きつねうどんに私の呟き込みが飛び込んでいる「あかん」と、見合いがダメになった「あかん」がだぶって頭の中を往復した。

「大丈夫？」

と彼女が言って、ハンカチを差し出した。「あ、ああどうも……」

箸を置いて、口の周りを拭った。

とにかく、きつねうどんを交換してもらわないといけない。私はそう思って言葉を出そうとした。

目が点になった。

彼女は、確実に私の呟き込んだものが飛び込んでいるきつねうどんを食べ出していた。それが35年連れ添った妻である。

団塊の世代である私は猛烈に働き、妻は専業主婦で2人の息子を育ててくれた。

見合い当時、黒縁めがねの肥満気味の男性が私である。「小心・くそ真面目」の、何処がよかったのか聞いたことはない。

妻の伯母が「真面目が一番！」と勧めてくれたともいう。ありがとうございました。

そして、文字にするまでもなく、いろいろとあった。

「もうすぐ、40年掛けた年金が出るわ」

彼女の喜ぶ顔を見つつ、2人でまた旅にでも出ようと私は考えていた。

※

私は「えっ?」と携帯を握りしめたまま、帰宅のホームに立ち尽くしていた。

朝、妻が右脇腹が張っていると言う。かかりつけ医に行くと言っていた。

「医療センターに行くようにと言われて……」妻の言葉は淡々としている。「胆管ガンの末期で余命半年だそう……」

私の息が荒い。何度もつばを飲む。

「いま、十三のホーム。すぐ帰る」

どうして帰ったのか覚えていない。妻はもの凄いダメージなのだろう。だが冷静だ。59歳の妻に対して8歳も年上の私の方が、ウロが来ていた。

大きな痛みもなく、入退院を繰り返した。最後の一週間は、自宅のベッドに帰ってきた。自分で寝起きできない。

「私も欲しい」

と妻が言った。

私は台所で、「チキンラーメン」を作っていた。匂いが流れたらしい。

妻はもうほとんど食べられない。だが「チキンラーメン」は団塊の世代の私にも、妻にも懐かしい味なのだ。

私は笑いながら、小さなお椀に2口ほど入れた。妻も照れ笑いしていた。

やがて、「もう、動けない……」と言った。私が抱えても、足も完全に動かなくなった。

私の瞳は涙だけで出来ているようだった。

医師に教えられたとおり、ホスピスに電話を入れた。一週間後、付き添いベッドの私の横で妻は旅立った。

それから8年経った。仏壇の花をかえながら『また、会おうな』と想う。35年の夫婦生活で、ずいぶん心配も掛けた。でもいまの私があるのは妻のおかげである。

「愛しているよ」ともっともっと、言っておいたらよかったな。

根《ね》無《な》し草《ぐさ》の行方

円田　優妃子

コロナ禍が明け、久しぶりに帰省すると、帰省時に寝泊まりしていた仏間は、姪っ子の部屋になっていた。

今人気のキャラクターに溢れかえった仏間らしからぬ部屋に苦笑いしかない。帰る故郷すら無くなったような寂しい気持ちにもなったが、振り返れば、人生の半分以上を実家、家族と離れていた。今更、こんな感傷に浸ることもないか。

人生百年時代、私もその半分を迎える。

実家には、私を除いた、父、母、妹、妹の夫、姪の五人で新しい家族が出来上がっている。

私は家族を作り損ねた。

いや、そもそも作る気が無かった。両親にも反対された芝居をする為に、仕事に託《かこつ》けて独り立ちした。「結婚しない」と公言もしていた。

しかし、芝居で金を得ての生活は成り立たず、さまざまな職を経験した。芝居を通した稀有な繋がりは続いている。プロにはなれなかったが、仲間と趣味として表現することはライフワークになった。

いつも生活に余裕がなく、地べたを這うような人生だが、自らの努力で仕事、信用を積み重ねてきた。しかしながら、肝心なところでは、「私は悪い子」の呪いが発動して、孤独を選んできた。家族とは無縁だった。

不惑を迎える頃、或る男が私の努力する姿を褒めてくれた。実際は、私の奥に潜む呪いに更なる呪いをかけたのだが。

私は男と暮らし始めた。

私は、男と家族になる夢を見てしまった。

暮らしてみると、男は些細なことにキレて物に当たったり、暴力を振るう人間だった。そして、自分の収入は自分の飲み代、煙草代、浮気代にだけ使い、二人の生活に関する金は一切出さなかった。

話し合いを持とうとすると、

「お前は金、金ってうるさいんだよ。そんなんだと結婚は無いな」

結婚をチラつかせて恫喝された。私は何も言えなくなり、「私が悪い」と心を殺した。

依存の関係に陥り、貯金がギリギリ無くなるところで、やっと男から逃れた。

この思考回路は幼い頃に出来上がった。

発端は、幼い私が言うことを聞かずに、父を怒らせた些細な出来事に起因する。あいまいな記憶ではあるが、夕食を行儀悪く食べ、父に叱られたが全く意に介さず、口ごたえして更に行儀悪く食べ、ふざけた。幼い子どもなら、よくするような態度だったと思う。

その後、一度眠りについたものの目を覚ました。二十二時頃だったろうか。トイレに行こうとすると、茶の間で父が、祖母と母を、地を這うような低い声で、強く叱りつけていた。

「お前たちの躾が悪いから、あの娘は言うことを聞かない。俺に口ごたえするような子どもになったんだ。お前たちの教育も、娘の教育も間違えたな」

祖母と母はただ項垂れていた。父は別人のように威圧感のある男に見えた。

祖母、母への罪悪感でいっぱいになった私はトイレにも行かず、泣きながら部屋に戻って布団を被った。

「私って悪い子だったんだ」

五歳の幼心ながらに自分を責めた。自分のせいで、祖母と母が叱られていると、胸を絞めつけられるように苦しく感じた。そして、厳しくも優しかった、父の違う顔を見てしまった恐怖に怯えた。

「私は悪い子。何かしたら、またばあちゃんとお母さんが怒られる。私は何もしないほうがいいんだ」

勝手に、劣等感を抱えて身動きできなくなった。

「私は悪い子。私は何もできない」

自分で自分に呪いをかけた。成長し、思春期の進路、大人になっての進路、全てに呪いがかかっていた。あの男は、父に似ていた。

「私は結婚しない」

この宣言は言い換えれば、「私は結婚できない」だった。幸せを自ら拒否した、無意識の決断だった。

あの男は、その呪いを解いてくれるどころか、更に呪いをかけて、去って行っただけだった。「私は何もできない」と思い知らされた。

私は根無し草のように、独りで日々をやり過ごし、コロナ禍を彷徨《さまよ》った。

そして、とうとう実家に寝泊まりする部屋もなくなり、本当に根無し草になった。

自分でも何故かよくわからないが、慌てて婚活を始めた。「結婚できない」という呪いを纏《まと》いながら。

案の上、難航している。

ご両親は亡くなり、引きこもりの姉の老後も一緒に引き受けてくれることを望む男性は、姉を家族のように考えてくれそうにない人は嫌だと去って行った。

私の表現活動に興味を持った男性は、裏を返せば、活動に没頭して家族を疎かにしそうだし、趣味に時間やお金を使う人より、貯蓄がある人がいいと、去って行った。

親孝行がしたい男性は、婚活よりも親孝行の旅行やイベントに忙しく、全く会う機会が設けられないくらい予定が埋まっている。

皆、家族が大切、生活が大切、お金が大切、自分が大切。

私だって、きっとそうだ。

でも、もう実家の家族とは暮らせないだろう。

「結婚しなくても、いい」

私は、私に呪いを解く許可を出す。

人生の残り半分、自分という家族を大切にするところから始めよう。

鱚《きす》のフライ

草間　紀子

母には兄が一人いた。私が小学四年から中学二年の終わりまで住んでいた町は、この伯父宅まで自転車で行ける距離だった。

伯父は自分の母親と結婚後も同居していたので、母はその四年余りの間、祖母を目当てに私と弟を連れてしょっちゅう出向いた。

夕食まで居座ることもしばしばで、夏休みと正月は必ず伯父の家族と過ごした。皆で日帰り旅行も沢山した。

私と弟は従兄弟達と会えるのが楽しみだったが、母と伯父はそうでも無かったようである。母は表立って伯父を嫌っている様子は見せなかったが、仲の良い兄妹ぶりを見せたことも無かった。

母によると、若かりし頃の伯父は乱暴者で、バイクを腹這いになって乗り回し、全く手に負えなかったそうである。

角刈りで目力があり、スリムな体格で身のこなしに隙が無く、子供の躾が非常に厳しかった伯父。話す口調も強い方なので、そのヤンチャぶりは容易に想像出来た。

痛い目にあったことをシツコク根に持つ母である。乱暴な素行で家族を振り回した伯父の過去を、そう簡単に許すはずもない。

ある年の正月の夜更け、大人達はまだ座敷に居て、母が話している様子が床を敷いてもらっていた祖母の部屋まで襖越しに聞こえた。程なくして伯父が、

「そんなに俺が憎いなら恨み殺せ」

と、諦めた様に言ったその寂しそうな声を覚えている。

伯父が一変したのは結婚してからだという。

車の修理工場で働き、仕事が終わるとまっすぐ帰宅する。どこにも寄らない。

ギャンブルも一切しない。

母は、仕事帰りの一杯が多かった父に、よく伯父を引き合いに出して攻撃した。

お酒があまり強く無かった印象だが、その当時から宵っ張りだった私が夜中にキッチンへ寄ると、伯父はインコのピーちゃんをウィスキーが少し入ったグラスの縁に乗せて、まさに至福の一時、と言った表情でピーちゃんとの静かな時間を愛でている様子に出会《でくわ》すことがあった。

唯一の趣味といえば釣りで、たまに私達も連れて海に行き、ゴムボートに子供達を交代で乗せてサザエを取るところを見せてくれたりした。

サザエが大量に取れるのは伯父の長男がボートに乗っている時で、私を乗せていると全く取れないとハッキリ言っていた。

そのキッパリした口調に、私は憤慨するより面白くて笑っていた。

鱈が大量に釣れた日は必ず連絡があり、夕飯を頂きに行った。

早朝に海から上がった新鮮な鱈を、祖母が次々に「開き」にしていく。私はピッタリと寄り添ってその手捌きを見つめていた。

綺麗に開かれた鱈はフライにされ、山と積まれて食卓の中央へ鎮座した。狐色にこんがり揚がったフライを一口齧れば、鱈の真っ白い身から湯気が立ち昇る。

炊き立てのご飯と相性が良く、私達子供らが全神経を集中させて一心に、サクサクと、フライを頬張る様子に伯父は上機嫌だった。

最後にこの鱈のフライを頂いたのはいつだったろう。ハッキリとその味を思い出すことが出来る。あの食感までも蘇ってくる。

これが、私がこれまでの人生で食べた一番美味だった物である。

伯父が癌で余命四ヶ月と知らされたのは二年前。肺がんと脳腫瘍が見つかった。

私はすぐに、入院先の病院へカードを送った。見舞いたくても、カナダから帰国する日程は直ぐに取れそうに無かった。

祖母や伯母のように、あからさまに私を特別に可愛がったりしなかったが、いつ訪ねても本当に歓迎してくれた。

私達が夕飯時にお邪魔していると、白いツナギで帰って来る伯父は決まって、

「おう、来たか！」

とニカっと白い歯を見せて微笑み、いつも機嫌が良かった。私の父を必ず上座に座らせ「パパ」と呼んで敬った伯父を私は慕っていた。

カードには、長い間ご無沙汰していることを詫び、病を見舞い、そして、伯父達と過ごした平和で幸せだった子供時分を、今でも懐かしく思い出すと記した。

もちろん、鱈のフライのことも。

伯父はカードを受け取ると、すぐに母に電話でその旨を伝えてきたそうである。母は驚き、そして嬉しかったと私に連絡をしてきて、伯父が大変な喜び様だったと言って泣いた。

伯母によると、看護婦さんが

「カナダからカードが届きましたよ」

と言うのを聞くやいなや伯父は号泣したという。

この伯父からの電話がきっかけで、母は堰を切ったように今までの空白を埋めるべく、亡くなるまでの二ヶ月間、心を尽くして見舞った。

一時自宅に戻ることを許される度に訪問し、手を握って、微熱が続く額を冷やして声をかけ続けた。

ある時は、病院に戻った伯父をコロナの規制で会えないことを分かっていながら、窓越しからでも会えないかと思い立ち、そのまま父にも告げず汽車に乗って行ってきたそうである。

もちろん面会は許されず、外から病室の窓をただただ眺め、ようやく諦めがついて帰途につくが、帰りの汽車の時間も調べないまま寒いホームで二時間以上、じっと座っていたという。

私の祖父は、戦争から帰還したがすぐに病に倒れ、母が一歳の時に亡くなったので、母には父親の記憶が一切ない。

祖母は八年前に他界した。そしていま伯父が逝き、若い頃に結核を患い、二十歳まで生きられないと言われていた母が結果的に年の順番で最後に一人残っている。

唯一の兄を失う時、母は焦っていたのかもしれない。兄を慕う気持ちが心底にあったことに気づいたのだ。

どんなに深い恨みがあったとしてもたった一人の兄である。家族として繋がっていることを、その二ヶ月で精一杯感じていたかったのだと思う。

伯父としても、自分に対して若い頃の恨み辛みしか言ってこなかった妹が、病床にある自分の手を取り、励まし、愛を持って見舞ってくれることに、心は穏やかであったと想像する。

家族であるが故に憎しみが過剰する場合があるが、それでも心のどこかで許しているのは家族にだけかもしれない。

母にとっては理想の兄からほど遠かったであろうが、私が見てきた伯父は、自分の家族と数少ない友人達を大切にしていた人だった。

あの鱈のフライを皆で頂く食卓を思い出すたび、私の心は愛で満たされる。伯父の満面の笑みは、鱈のフライと一緒に蘇る。

雨上がりのカエル

天宮　清名

私には秘密がある。今から七年前に左胸を失ったことだ。三十六歳だった。なぜ私が？　健康的な生活を送っていたのにと、悔しくてたまらなかった。それでも、治療をしなければ死んでしまうので、手術、抗がん剤、ホルモン治療とできることはなんでもした。

抗がん剤治療で髪が抜け、ホルモン治療による更年期症状でつわりのような気持ち悪さが続いた時期もあったが、私はめげなかった。私にはどんな時も見守ってくれる強い味方がいた。夫だ。

夫は七歳年上で、穏やかで、のんびりとした口調で話す。私の辛口の友人曰く、「目が離れていて口が大きいけれど、整った顔立ち」のひとだ。自他ともに認めるカエル顔で、自分のことを「けろへい」と言っている。

出会ったのはもう二十年前。初めて夫の後ろ姿を見たとき、私はこのひとと結婚する、とふと思った。まだ顔も見ていないし、話もしていないのに。不思議な縁である。

夫とは結婚十八年目で、十六歳になる息子がいる。夫は、私がガンだと告知されて絶望した時も、治療でつらい時も、いつも大きな口をキュッと閉じて、優しいまなざしで私を見守ってくれた。そして、得意の創作料理で私と息子を元気づけてくれた。

いつもほがらかでふんわりとした雰囲気の夫に癒され、冗談を言いながら過ごしてきたおかげで、私は病後六年目にしてすっかり元気になった。夫の後押しでやりたかった仕事にも挑戦し、ようやく人生を闊歩できると張り切っていた。だが、その幸せな日々は二年も続かなかった。

今年の夏、夫は脳出血で倒れた。二人とも自宅にいた時だった。救急車を呼びながら倒れた夫の顔を覗き込むと、夫の目は薄目を開けていた。次の瞬間、黒目が不自然に左側に寄っていくのを見た。死んでしまうと思った。呼び戻そうと声を掛けたが意識が戻らず、夫はそのまま目を閉じた。

医師からは脳内の出血量が多く、血腫を取り除く手術をしても、もう意思疎通ができない可能性が大きいと告げられた。

手術前に夫に会った時、夫のぼんやり開いた目には涙が滲んでいた。

「大丈夫だよ」

と声を掛けたが、反応はない。私を見てはいない。これから先、もう話すことはできないのだろうか。

ドラマのワンシーンだと、こんな時に家族は泣き崩れる。だが、現実では涙も出てこない。ふいに真夜中の海が思い浮かぶ。静まりかえった海の向こうから、大きな波が近づいてきている気配を感じた。その波が来たら、私は泣き崩れてしまいそうだった。

それから、二か月が経った。夫は生きている。術後一か月後にリハビリ病院に転院し、日々リハビリに励んでいる。医師が驚くほどの回復力で、目覚めたときには完全に麻痺していた右手足は、ほぼ元通りに動かせるまでに回復した。杖を使うことなく歩き、右手で食事をしている。

失語症と高次脳機能障害により、言葉が思うように出なくなっていて、文字の読み書きにも苦戦しているが、意思疎通はできている。

もちろんここまで回復するまでには、今の本人には伝えられないような過程も目にしてきた。術後十日目、意識を取り戻してすぐの面会では、私を見ると、

「なんでえ。なんでえ」

と声を張り上げ、私の声掛けに応えることはできなかった。よだれを垂らしながら、麻痺していない左手足をパタパタ動かし、私に向かって繰り返し声を荒げていた。まるで別人のようだった。

夫はその頃のことは覚えていない。知らなくていい。優しい夫はその事実を知ったら、きっと傷つくにちがいない。

私は今日もスーツケースを引きながら、夫の病室を訪ねる。リンパ浮腫予防のため、重いものが持てない私にとって、夫の着替えを運ぶのにスーツケースが必需品だ。

夫はいつも私の体調を気にしてくれる。そして、「ごめんね」を口癖のように繰り返す。

私は、穏やかな夫が帰ってきてくれたことが、何よりもうれしい。今まで通りに働けなくても、料理がうまく作れなくても、車の運転ができなくても、そんなことはどうだっていい。

「こんなぼくのこといやにならないの?」

と、たどたどしい口調で自信なさげに問う夫に、私はふふっと笑いながら、

「ならないよ」

と答える。病後の食生活でスマートになった夫の横顔は、五十代には見えない。若返ってかっこよくなったと思う。

「ねえ、退院したら長良沼公園を散歩しようよ。いいリハビリになるよ」

長良沼公園は、家のすぐ近くにある私たちのお気に入りの公園だ。大きな沼を囲む遊歩道にはメタセコイヤが並び、水と緑のコントラストが美しい。沼の噴水からはいつも水が噴き出していて、晴れた日にはキラキラと輝いている。そして、沼には鯉や亀が生息し、

カモの親子がのんびりと泳いでいる。

私は、この公園をまた夫と散歩することを楽しみにしている。できれば寒くなる前に、ぽかぽかの日差しを浴びながら歩きたい。いつものように、沼の水面にぽっかりと浮かぶ亀の頭を探すのもいい。

私達夫婦は、若くして大病を患った。ひとり息子に心配を掛けてばかりで申し訳なく思うし、なぜ我が家ばかりと卑屈になることもある。

だが、私達はなんとか生きている。そして、奇跡的に回復している。そのことにはきっと意味があるのだと思いたい。

カエルは暗がりでも色を見分けることができるという。うちのケロヘイさんも、私が暗闇で道に迷っている時、いつも道しるべになってくれていた。

「ぼくはどうやって生きていけばいいの？」

と、夫は最近会うたびに言う。右目の視野が欠け、脳の障害により日常生活でできないことが多いと自覚してきたからだ。リハビリで失ったものに気づき、とても不安になっている。

自分も大病を経験しているからこそ、夫の気持ちはよくわかる。私は夫の手に自分の手を重ねる。夫の手の温かさにほっとする。

「まあ、大丈夫だよ。のんびり考えよう」

私は、自分にも言い聞かせるようにそう言う。前にしか進まないカエルを見習って、ケロヘイ夫婦もぴょんぴょん飛び跳ねていこう。雨上がりのカエルのように。

モッコウバラが香るとき

出納　亜伊子

今日は髪の毛を後ろでひとつに結ぶ日。

おばあちゃんの着替えセットを手提げバッグに入れて、スニーカーを履いた。

玄関の黄色いモッコウバラがたわわに花を咲かせている。そろそろ、私の頭に当たって邪魔になるかな。でも、ここまで茂る位、枝を切る時間もなかった。茂っていてもユリのように強い香りではないから気にならない。


歩いて二十分ほどで着く老人保健施設に、空きが出た。入室できると電話を受けてはや一か月。二十四時間の看護付き、三度の食事と医療療養型の施設は、個室も一日六千円と安価な点が人気で三か月待った。人気があり、常に満室にもかかわらず、空きが出たのは、天国に旅立った人がいたからにほかならない。

いつもの白い建物の入り口をくぐる。透明な自動扉のすぐ横に、青磁色の大きな壺に生けられた花がある。モッコウバラとは異なる主張のあるジャスミンやユリの豪華な香り。でも、二階のエレベーターを降りた時には、饐えたにおいに変わってしまう。

何度来てもかわらない排泄臭は、シミひとつないフローリングと相反している。廊下に面したドアから漏れ出る消毒液のつんとしたにおいは、帰るといつも服に染み付いている。

「おかあちゃん、来たよ。調子どう？」

枕元に飾られた折り鶴の下、白い布団の中に埋もれるように小さな頭が見えている。しわくちゃの顔の中から、穴をあけたような黒い瞳がせわしなく私の声を探し求める。

「よう来たな。元気か？　孫たちはあんばいしてるか？」

京都弁でそう語るおばあちゃんには、私がその孫だということが認識できていない。娘である母はいつも髪の毛を後ろにひとつ結びしていた。昔から顔が似ていると言われて嫌だったが、今はそれが功を奏している。今の私はおばあちゃんの娘なのだ。

「元気だよ。長女は大学に行ってるし、次女は短大出て就職するみたい」

「そうか。外は寒ないか？　今日はクリスマスやろ」

「まだ春やで。今はあったかい」

施設では、たまに車椅子で中庭を散歩すると聞いている。予定表では、昨日、散歩をしたハズで、さっき見かけた園内の赤いバラは満開だった。

「そうやったかな。最近はどこも行ってへんから」

おばあちゃんは、自分が施設にいることが認識できていない。そして、私のことも、孫だと思っていない。一度、髪の毛をおろして来た時、母はこないのか、としきりに寂しそうに聞いていた。そして、おばあちゃんの床ずれをなおしてあげようと、自分の髪の毛をひとつくくりにした。

その時、ふいに、「なんや、来てたんかいな」と私のことを母と思って話しだした。嘘のような現実に、私の気持ちがついていかなかったことを昨日のことのように思う。

「いつも荷物や着替えをありがとう。もらったゼリーがあるから食べていき」

物おもいにふけっていた私に、点滴の刺さった細い腕をベッド横の冷蔵庫に向ける。

「ありがとう。じゃ、ゼリーもらっていくね」

「たくさん持っていき」

微笑むおばあちゃんとは対照的に、私の顔はこわばる。認知症は、いつなんどき勝手にものを食べて、喉に詰まらせるかもしれない。いつものように、冷蔵庫には一切、食べ物は入っていない。そして今のおばあちゃんに、お見舞いに訪れる人ももういない。

かつて、私が大学生になり、京都の大学に通うことになった時、授業終わりに大学近くのおばあちゃん家に寄ることが多かった。そんな時、おばあちゃんは、「何か食べていき」といつも食べるものをたんと出してくれた。

そんなにおなかがすいていないといっても、おばあちゃんは、お菓子や総菜を出して、つまんでいきと執拗なくらいに勧めてきた。

戦争を経験しているおばあちゃんは、当時は食糧難で芋ひとつ手に入れることが大変だったと何度も話していた。昔、苦労を経験しているからこそ、今は、食べ物でもてなせることが唯一の贅沢であり、最大の喜びだと話していた。それが可愛い孫ならなおさらだと。遠い記憶のどこかに、食べ物に対する執念と記憶が残っているようで、少し安心する。

「じゃあ、また来るね」

「おおきに。今度は孫連れてきてな」

私は返事の代わりにおばあちゃんの手をとんとんと安心させるようになでる。鼻の奥がつんとする。何か話をしたら涙腺が崩壊しそう。短い面会時間しかないことが救いだ。

外と内の結界のような冷たい自動扉をくぐると透き通った白いすじ状の雲が数本、青空に浮かんでいる。

後ろ手で結わえた髪ゴムをほどく。肩に落ちる髪の毛の重量が、私の心の重さをさらに増幅させる。

おばあちゃん、娘である母は二週間前に癌で亡くなったんよ。私、もうお母さんがいないの。

そういって、おばあちゃんに甘えたいと思う。でも、心臓も悪いおばあちゃんに、母が亡くなったことを伝えて、万が一、何かあったら、と思うと怖くて話せない。今のおばあちゃんは、娘である〝母〟が顔を見に来てくれることが唯一の楽しみだと、看護師さんから聞いている。


今日は、帰ったら生い茂ったモッコウバラを切ろうと思っていたけど、もうその元気も出てこない。

いつも施設に行った後はこの繰り返し。

明日から一週間、仕事をして、週末は、施設に行く。あとどれ位、この繰り返しが続くのか。……

永遠にこのループが続いてほしいと思う。でも、いつかは終わりが来ることを覚悟している自分の残酷さも知っている。これ以上、心が脱水症状にならないように、適度な水分補給をしないと、と自分を戒める。

青空に向かって母に語りかける。お母さんが入院する前日も、こうしておばあちゃんのところに通っていたんだね。身体が癌にむしばまれて、痛くてつらかったよね。

やっぱり、お母さんの好きだったモッコウバラ、まだ切れないよ。

すーっと風が吹いて、ほのかにバラの香りがする。返事してくれたのかな。

気をとりなおして、肩に食い込む着替えの入ったバッグを持ち直す。開いた鞄の口から、かすかにおばあちゃんの体臭の匂いがする。

これが、生きている証拠なんだと実感する。晴れている間に洗濯をしなくては。

早く、モッコウバラの香る家に帰ろう。

私は一歩を踏み出した。

貧しく、倹《つま》しく、幸せ

啓一

「なんで俺は死ななきゃなんねえんだ」

章夫はいまわの際にそう叫んで、洗面器一杯の鮮血を吐いて死んでいったらしい。

「らしい」というのは母も妹も、そして僕も父の死に目に居合わせていなかったからで、連絡を受けて、死んで間もなく病院に到着した母が、看護婦さんから聞いた話だ。

章夫、それは僕の父であり、最期に家族の再生を目指した男であり、死んだ後も僕たち家族にとって心のヒーローであり、支えである。

若い頃からタバコも酒も好き放題やっていた父は、日頃から「俺は太く短く生きる」と恋愛結婚の母に、いつも格好つけて言っていた。

子どもが二人生まれ、特に妹が生まれてからは、人生の見方が変わったようで、方向変換を図ったが、舵取りが間に合わなかった。

父は、昭和一桁世代だ。父が亡くなったのは昭和五十年一月二十四日。四十二歳厄年である。死後、母や叔母に聞いた話から類推して父のルーツを探ってみる。

終戦を小学校六年生の時に迎え、祖父徳治が無事、帰還して元の職場、W大の英語の講師職に戻って矢先のこと、祖父徳治は戦場で罹患した結核であっけなく亡くなってしまう。祖母とくは小学校の教師をしていて、母親一人の手で兄妹三人を育てていたが、体に無理を利かしていたようで、やはり祖父の後を追うように結核で亡くなっている。両親とも今で言えば若死にで、父たち兄妹も早くに親を亡くし、親戚に預けられて育ってきた。

そんなわけで、僕は祖父母の顔を写真でしか見たことがない。

昔の映画のワンシーンのような、まさしくセピア色のたった一枚の写真だ。祖父徳治は帽子を被り、コートを着て、ステッキを片手に立っている。その横に割烹着を着た祖母とくが寄り添うようにいる。

その写真を見つけたのは父が亡くなって、父の遺品を整理している時だった。時代の流れを感じさせるような、擦り切れた一枚の写真に父の想い出やルーツの全てが凝縮されている気がした。

軍隊手帳や赤紙が出てきて、祖父が戦争に行って帰還してきたことが分かった。戦争を身近に肌で感じたのを覚えている。遺品整理は僕たち兄妹にとっては自分たちのルーツを知る機会になったし、様々なことを逆算し、父のルーツに遡及することは、僕にとってはやはりとても大事なことだ。なぜなら、そのことを始めたことにより、今更ながら、俗にいう運命の悪戯を目の当たりにした気がするからである。

祖父が亡くなった年齢四十二歳とその頃の父の年齢が十二歳で、父が四十二歳で亡くなった時の僕の年齢十二歳が重なっていることに今更ながら気づいたのだ。いずれも薄命早逝と言えるが、その年齢の合致の偶然にも驚いた。その没年がいみじくも男の厄年だ。

僕はあまり信心深い方ではないが、この事実を知ることにより自分の厄年を迎えることを畏れた。成田山新勝寺に厄払いをしに行ってきたり、用心深く一年を過ごした。

何とか厄年を打破しようとその年の夏、有休を使い、未経験ゾーンへの旅を計画した。青森県の「ねぷた祭り」を一度は見ておきたいという思いもあり、東北ひとり旅に出掛けた。旅先の「恐山」で幸いにも今の妻と運命的な出会いをして、結婚に至った。

直ぐに子宝に恵まれ、何と「四十の恥かきっ子」なんて言うと娘には可哀そうだが、奇異な偶然は重なるもので、僕が死ぬ運命にあった厄年の明けに新たな生命を享けた。

その娘の成長が僕の人生を支えていく。それも僕にとっての人生の再生であった。

この子も何れは大人になり、彼女が自分のルーツを知りたくなる頃まで、僕が生きていればいいが。そうでなければ、僕が辿ったような隘路に潜って自分の人生の遍歴を探求しなければならないであろう。

父章夫は、亡くなる年の一月初めに、小六の僕を夜中に起こして話があるという。医者に掛かることを嫌っていた大きな子供の父は、風邪で高熱で咳がすごかった時に近くの内科に母が連れ添っていったが、診察を待っている時間に、家に帰ってきてしまうという医者嫌いの意気地なしだった。

その父が、意を決して、こう言った。

「男と男の約束だ。俺はこれから健康診断を受けて医者の言う通りにする。このところ調子が悪くて、会社も休みがちでな。ただの風邪ではなく、お前も知っての通り、長年の酒の飲み過ぎだ。肝臓がやられていて入院すると思う。それでもお前たち子どもの成長を見届けたいから、頑張るよ」

「パパ、やっと決心してくれたんだね、僕たちの為に。お酒辞めて、元気になってね」

「分かったよ。家にある酒は全ていとこの修が取りに来るからやってくれ。お金貯めて、お前たちにも恥ずかしくない家を建てて幸せに暮らせるようにするから」

「ありがとう」僕は泣いていた。父の泣き顔は一度も見たことがなかったし、むしろ笑っていてくれた。

折しもその夜は満月で、何年に一度かの皆既月蝕だ。

月が段々欠けていく。漆黒の空に橙色の月が遠く掛かっていた。

雨戸を開け、その隙間から、父と僕はその様子を立ち竦んで見ていた。

父の想い出を語ろうとするとまず思い浮かぶのは、自分の人生を破綻させた寂しい酒に纏《まつ》わる話だ。毎晩一人さみしく、閨にウイスキーとチェイサー用の薬缶の水を準備し、「文藝春秋」を読みながら、ちびちびと夜明けまで呑んでいた。自分が毎晩一本開けていたウイスキーの瓶を庭の花壇の柵にするために週末の休みに土に埋めていた。花が好きで、花壇を増やすためにウイスキーを飲み、その酒瓶を毎週、庭に埋めて、花壇を増やしていた。

クリスマスツリー用に樅木を庭に植え、それをクリスマス前にバケツに遷して部屋に持ち込み、子供たちと飾りつけをしてくれた。鯉のぼりを障子紙で造ってくれた。仕事で余った中国からの輸入品のオルゴールを妹に持ち帰ってくれたり、江戸川乱歩「怪人二十面相シリーズ」を全巻揃うまで毎月買ってくれたりした。僕の勉強部屋を日曜大工でトタンを買ってきて拵《こしら》えてくれた。

昭和一桁の器用貧乏で、僕には言葉少なく、厳しく、背中ですべてを教えてくれた。剽軽で、妹の前ではお道化て優しい父だった。

皆既月蝕の夜が明け、暫く寝込んでいた父が急に具合が悪くなり、タクシーで高円寺の知り合いのやっている病院に検査入院した。しかし、時すでに遅く、生理食塩水を点滴している最中に危篤となり、検査を待つまでもなくあっけなく逝ってしまった。劇症肝炎、享年四十二歳は早すぎる死だった。

父の喪失は大きく、母は精神を病み、僕たちは親戚に預けられた。

父の再生の意志は、子供心に痛いほど伝わっていたゆえ、早逝が惜しまれるのみだ。

生き直すことは難しい。今度は自分の番だなって心している。父を乗り越えて、父の目指したルーツの改変、再生をこの僕が実現していきたい。

遠い日の鬼灯笛《ほおずきぶえ》

広田　ただし

母は忙しい人だった。ゴロンと寝転がったりお茶をのんびり飲んだりといった姿を見た記憶は一度もない。そしてあまり笑わない人だった。いや笑えるほど心のゆとりがなかったのかもしれない。家族の用事を黙々とこなしながらお金の心配ばかりしていた。私は特に気にはしていなかったが家はとても貧乏だった。ときどき何も食べるものがなくなると沸かしたお湯に胡椒を大量に振りかけて飲んで凌ぐこともあった。そんな時には母は同じ市内に住む継母（実父の後妻）宅に私を連れていき、畳に正座して深々と頭を下げお米を分けてもらっていた。継母の嫌味とともに。母は家の苦境を一身に背負っていた。

ただ一度だけ、その表情が緩んだのを見たことがある。近所の公園で私と妹を遊ばせていた時、どこで採ってきたのか鬼灯の赤い実を口に含みブランコに腰かけて鳴らしていた。その顔は少女のように無邪気に見えた。私と妹は話しかけることもできずただただその時間が長く続いてほしいと願った。

やがて私は母の肩の荷を少しでも軽くするため家を出て自立する道を選んだ。出発の日、見送りに来た母は「お腹がすいたらこのお金で何か食べるんだよ」と言いながら小さく折りたたんだお札を三枚私の手に握らせた。断ろうかとも思ったが、旅立つ息子になにかしてやりたいと考えた末のことだろうから黙って受け取った。すぐに返すからね、と心の中で呟きながら。

毎月、手取り給与の三分の一を現金書留で母に送った。ようやく母に楽をさせてあげられると嬉しかった。でもそれもそう長くは続かなかった。続ける必要がなくなった。

◇

火葬場の霊安室に駆け込んだのは夜中だった。火葬許可が出る二十四時間のちょうど半分が過ぎたころだ。家を出なければよかった、もう少し一緒にいてあげればよかったと危急の帰省道中考えていたが、棺に横たわる母の顔を見た途端考えが変わった。これで楽になれたんだね、そう思えた。その顔は遠い日の鬼灯を鳴らしていた時の顔だった。

長くもない人生の大部分を重荷を背負って生きてきた母。もっと長生きしてほしかったとか、まだまだこれから幸せが待ってたのにとか考えるのはやめた。何もいらないからこのまま眠らせて、と母の顔は言っていた。

子供を除けば母の唯一の家族だった実父の墓に納骨し、手を合わせて顔を上げると自生している鬼灯の赤い実が揺れていた。遠い遠い、もう手が届かなくなった思い出だ。

兄に会いたい

あや

父が母と結婚する前に所帯を持っていたことがあると、父の死後に知った。血縁関係にある女性で、親戚の勧めで結婚したが、わずか1年と少しで関係が破綻したらしい。

男の子を授かったが、その幼子が生まれてすぐに、父は女性の元を去ったという。

父は六人兄弟の長男で、高校二年生の時に父親（私の祖父に当たる人）を癌で亡くしている。

祖母は家政婦や内職などしながら必死に家を守り、子供たちを育てたと聞いている。

父がどんな気持ちでその結婚を受け入れたのか、この世を去った人の胸の内など知る由もないが、傍には計り知れない不可抗力があったのかもしれない。

父は子煩悩な人だった。

アルバムを開くと、生まれて間もない私を満面の笑みで見つめる父の顔がある。

私が初めての子を出産した時には「カケルの面倒をみてやるから、近くに引っ越しておいでよ」と、孫の世話を買って出てくれた。

そして保育園の送り迎えから遊びの相手まで、近所の人が驚くほどに、本当によく面倒を見てくれたのだ。


「ほら、もう一人ちいさいのがいただろう」

父がしきりに言い出したのは、亡くなる2、3週間ほど前だっただろうか。

脊髄小脳変性症という難病に侵されて日に日に弱っていった父は、最後は寝たきりとなり、自分で寝返りを打つことすらできないほど衰弱していた。

「ちいさいのって、カケルのこと？　カケルならそこにいるけど」

「いや、カケルじゃなくて、もっとちいさい男の子がいただろう」

何度押し問答をしても話が通じないので、いつも父は黙って目を閉じた。

とうとう頭までおかしくなってしまったと、私はたびたび絶望したものだ。

父の葬儀が済んで1カ月ほどたったころ、「実はね、これこれしかじかで、お父さんにはもう一人子供がいるから、相続の関係をきちんとしておいた方がいいと思ってね」

母がそう切り出したとき、「あ、お父さんがしきりに言ってた『ちいさいの』ってもしかしたら……」

その時全てがつながった。

父は血を分けた我が子を自分の手で育てられなかったこと、日々成長していく姿が見られなかったことが、心のどこかにずっと引っかかっていたのだろう。

彼の姿を重ねていたんだ。私の誕生を誰より喜んだのも、初孫を目に入れても痛くないほど可愛がったのは、とりわけカケルが男の子だったからなんだね。

母は意を決して出かけて行った。

彼は東京近郊の都市でお母さんと美容室を営み、奥さんと可愛らしい女の子と三人で幸せに暮らしていたという。

父の話をどんなふうに聞いて育ったのかわからないが、全く記憶にない人のことなど赤の他人も同然で、彼は母が用意していったお金を受け取ろうとしなかった。

それが、死期が迫った父の口から繰り返し出てきた話に及んだ時に、

「父は確かにそう言ったのですか」

彼は初めて呼んだそうだ。自分にとって一番遠い存在であったであろう、その人のことを「父」と。

無事に目的を果たした母は、心底安堵した様相で帰宅した。

私を連れていくのを拒んだ母は、「そんなに会いたいのなら、いつか私の死後にでもね」と冗談めかして言った。

父の面影を宿した人は、どんな声をしているのだろう。

背格好はどんなで、どんなふうに笑うのだろうか。

私と半分血のつながった人、兄に会いたい。

レンタル孫

常深　渡

「幼稚園まで送って頂くだけでいいんです。週に二回、多い時で三回、お願いできませんか？」と隣に住むTさんのお母さんから、妻に依頼があった。朝、六歳で末娘の弥生ちゃんを、幼稚園まで送ってほしいというのである。

T家のお父さんは、市内の総合病院に勤めるお医者さんで、三人のお子さんがいる。お母さんは、元医療関係の検査技師であったが、二人の息子さんが小学校の高学年になったので、自分のキャリアを生かしたアルバイトを始めたいと思った。ところが、末娘の弥生ちゃんを幼稚園まで送っていく時間の都合がつかなかったのである。「ええ、夫は、退職以来、ずっと暇にしていますから、喜んでお引き受け致します」。妻の一言で私に仕事が出来た。九月の初めのことであった。

初日の朝、彼女は、八時二十分に、我が家にやってくると、三十分過ぎまで時間を潰してから、私と共に近くの神社の敷地にある幼稚園に向かう。幼稚園に着くと、お友達と元気に追いかけっこを始めた。見送りの私とは三回りほど若いお母さんやお父さん方と共に、幼稚園の開門を待つ。彼等から、私はどう思われていることやら……。門の前で、幼稚園の先生に「近所の者ですが、親御さんに頼まれて、時々弥生ちゃんを送りに来ます」とご挨拶をした。

いずれ、息子が結婚して、孫ができる日が来るかもしれない。その時の予行演習のようであるが、弥生ちゃんは私たちのレンタル孫となった。

弥生ちゃんの幼稚園送《おくり》を始めてから、早、一カ月となった。最近、彼女は、九十九歳のおばあちゃんに興味を覚えたようだ。おばあちゃんとは、同居している私の妻の母のことである。彼女は、丁度、おばあちゃんの朝ごはんの時間にやってくる。最近、おばあちゃんは一人で食べることが難しくなり、妻がつきっきりで手伝っている。弥生ちゃんは、家に着くと、真っ先に食卓のおばあちゃんに笑顔で「おはようございます」と挨拶をする。「かわいいねぇ」。おばあちゃんは大喜びで、彼女がやってくるたびに、そう繰り返す。おばあちゃんは、短期記憶が保てなくなっているので、弥生ちゃんが来るたびに新鮮な喜びを感じているのだ。「またおんなじことを言っている」。彼女は、笑いながら応じている。弥生ちゃんは、おばあちゃんが食事をしている間に、おばあちゃんの薬の準備をする。妻がやっているのを見て覚えたらしい。おばあちゃんは、お茶で薬を流し込むのだが、老人にとって、錠剤を飲み込むことは、なかなか難しく、口の中に薬が残ってしまう。これで毎日、妻は苦労している。この頃は「お薬をちゃんと飲まなくちゃだめですよ」と弥生ちゃんが、注意する。おばあちゃんに対する遠慮もあって、私には出来ない技である。こんな可愛い子に注意されると、おばあちゃんも、それなりに努力している。

実は、弥生ちゃんには、いくつかの隠れた楽しみがある。一つは、薬を飲むとき、おばあちゃんが、入れ歯を外すことに、彼女は興味を覚えたようなのである。いま一つは、食事が終わるとおばあちゃんは、自分のソファーに移動するが、一人では歩けないので、妻が支えてソファーにまで連れていく。そのとき、弥生ちゃんは、おばあちゃんの手を引いてあげる。彼女は、二人のお兄さんを持つ末っ子なので、家では、もっぱら誰かに面倒を見てもらう立場である。だから逆に誰かの面倒を見て「ありがとう」と言われるのが嬉しい。弥生ちゃんのお陰で、心なしかおばあちゃんは元気になっている。

幼稚園には、私が彼女の手を繋いで連れていく。彼女は、元気一杯なので、お友達の、つかさちゃんや、ひかるちゃんの姿を見つけると、駆け寄っていく。わずかな距離だが、歩道をかなりの数の自転車が行き交うので気が気ではない。懸命に追いかけるが、情けないことに肺気腫の私は、彼女に追いつけない。「幼稚園のある神社に入ったら、走ってもいいけれど、道では走らないで」とお願いしているが「走りたいの」と言われてしまう。神社の裏参道から入ると、わずかに坂になっている。「何のこれしきの坂」と思っても、私は息を切らせてしまう。これではまずいので、彼女を送った後、散歩をすることにした。肺気腫の症状は改善できないが、せめて体力を維持したいと思う。弥生ちゃんは、私たちの生活に多大な影響を与えている。

十二月末、Tさん一家は、我が家の隣から平塚駅南口のマンションに引っ越した。これで弥生ちゃんのお世話も終わりかと思っていたら、「幼稚園を卒業する三月までお願いします」と頼まれた。それ以降、お父さんが車で出勤するついでに、弥生ちゃんを私たちの家に預けに来た。

九十九歳のおばあちゃんは、生きているオモチャ扱いで、時々伸びた髭などを彼女に引っ張られている。ハラハラさせられるが、当のおばあちゃんは、まんざらでもない風情だ。妻が、折り紙や、綺麗な色のマスキングテープなどを持ち出して「何か作ってみる?」と誘った。これらの品々は、息子が小さかった頃に遊んだもので、二十年以上前の代物だった。小さな子は、キラキラしたものが大好きである。妻の思惑が的中して、彼女は色紙を切り抜き、キラキラのテープなどを白い台紙に張り付けて、女の子の顔や、野原、木などを造り始め、急に静かになった。出来上がった作品を「プレゼント！」と妻や私、おばあちゃんにくれた。おばあちゃんは、喜びのあまりに思わず涙ぐんだ。

作品作りに、やや飽きてきたと見ると、妻はトランプをこっそりと置いた。これを見つけた弥生ちゃんは、「トランプ！『しんけいすいじゃく』をしよう」と大喜び。

妻は、弥生ちゃんの心理を読めるのである。彼女は、私の言うことはあまり聞かないが、妻が話し出すと黙って熱心に聞く。余り頼りにならないおじさんよりも、おばさんの方を、同性の尊敬すべき先輩とみなしている気配がある。

「工事中につき、大変ご迷惑をおかけして申し訳ありません」。二人で歩いていると、弥生ちゃんが大きな声で看板を読み上げたのである。彼女は、まだ六歳なのに漢字を読むのが得意である。足し算引き算は、当たり前のように出来るし、九九もボチボチ始めているらしい。小学六年と四年のお兄さんがいるので、知恵のつくのが早い。教えた分だけ身についてしまうというタイプなのである。

三月下旬の午後、弥生ちゃんが、ご両親に連れられてやって来た。幼稚園の卒園式の帰りだという。「お世話になりました」と、ご挨拶を頂いた。暫く話をした後、いざお別れの段になると、彼女が「もう一度、おばちゃんの家で遊びたい」と言って、我が家に駆け込もうとした。さすがに、お母さんに抱き止められて「それでは」と挨拶を交わす。彼女は、大泣きに泣き出した。お母さんに抱きかかえられた弥生ちゃんは、角を曲がって私たちの視界から消えるまで、手を振り続けていた。

午後の遠雷

菅野　英樹

土を覆って葉を重ねたドクダミの一群に備中鍬を振り下ろす。首を伝う汗が乾いた土に飛び散る。日は傾き、隣の家から伸びる影の中にいるとはいえ朝からの日差しを浴びて、土から上がる熱気は衰えを知らず、汗が止まらない。

僕は一服することにして、顔を上げてタオルで汗を拭った。塀の向こうに日光の照り返しで、真っ白に光って見える瓦が目に入る。畑の前に建つ僕の実家である。今はまぶしくて見えないが、屋根の所々には修復跡が残り斑になっている。立てられてから63年経つ家はリフォームと何回かの補修を経ているものの、築年相応のたたずまいを見せている。それでも幼い頃から目にしてきたその姿は僕に安心感を与えてくれる。

建てられた頃、三世代、五人家族で暮らしていた家には、本人の希望とはいえ、今、母親が一人住んでいる。半世紀前の農村の家ではよく見られた田の字形に並べられた四つの畳部屋があり、その一辺に沿う長い廊下と一面を覆う窓からは、夏は吹き抜ける風が涼を運ぶが、冬は冷気が忍び込む。

十日程前、「お風呂と台所の傷みが酷くなってきた」と母が僕に言ったのを、これを聞くの何回目かなと思いながら、リフォーム業者に連絡を入れた。

そこからが早かった。直ぐにやってきたリフォーム会社の営業マンは、数人で時間をかけてくまなく家を視てまわった。数日おいてやってきた時には、調査報告に加えリフォームの提案も持ってきていた。

「柱に歪みは出ていません。よほど腕の良い大工さんだったんでしょうね。ただ以前リフォームされている応接間と台所の基礎がブロックなので、耐震強度がありません。補強が必要です」

母と僕の前に調査した時に撮ったのであろう縁の下の写真を示し、営業マンは一方的に話した。

「え、そうなんですか」と言いつつも、僕は写真から目を離せずにいた。

撮る角度を変えた三枚の写真にはブロックが三段積まれていた。

四十二年前、応接間と台所のリフォームは、今は亡き父親が一人で決めた。並々ならぬ思い入れを持って、父は業者と何度も打合せを行い、完成時には大変満足していた。

まさか肝心の基礎が十分できていなかったとは、僕は正直驚いた。

営業マンは引き続き、持参したリフォームの提案図面を出し、説明を続けた。

床下をめくって基礎を補強するついでに、その上にある部屋もリフォームしてしまおうという中身で、今ある部屋は畳からフローリングに変え、部屋数を減らしながらも個室を確保していた。廊下を隔てて二部屋に跨る窓は断熱材をふんだんに入れた壁を増やすことで、耐震性と防寒を高めるという。

「開放感が無くなってしまうなあ」と思いながらも、「家族で話してみます」

長くなった話を切り上げたかった僕は、そう言っていた。

「お風呂と台所だけでよかったのに、全部リフォームするようなこと言うとったなあ」

営業マンが帰って直ぐ、母がつぶやくように言った。

「したいところだけでいいのやから、気にせんでええで」大幅な変更を提案した営業マンに苛立ちを覚えた僕は自分にも言い聞かせるよう、そう口にした。

「まあ、帰って相談してみたら」僕の心の中を知ってか知らずか、母は宥め口調で言った。

歩いて直ぐのところに家を建てているものの、いずれは実家に戻るつもりの僕。ただ、時期を決めていないこともあって、この話は娘にだけはしてこなかった。社会人になって数年で、自立していない娘は親についてくるものと思い込んでいたからかもしれない。

娘には幼い頃、家を継ぐ話をそれとなくしていたが、それが娘の将来を縛ることになってては申し訳ないと思うようになってから、僕は娘の前でその話を封印していた。家に住むのと継ぐのとでは違うけれど、娘の今の考えを知るいい機会ではあると思った。

「おばあちゃんの家リフォームすることになって、する部屋を決めなあかんのや。それで聞くんやけど、おばあちゃんの家将来住むつもりある」

珍しく全員揃った夕食のテーブルで娘に問うてみた。

何でもない問いかけのようだけど、その答えを待つ間、僕は不安と期待の入り混じった妙な気分を感じた。

「住みたないことはないけど、この先どうなるかわからへんから、今答えられへんわ」と娘は思案顔で応えた。

「自分一人で決められることでないかもしれへんし、今はまだ、わからへんの違う」妻が娘に助け舟を出した。

「そうかもしれへんな」ある程度予期していた答えにもかかわらず、僕にはそれ以上の言葉が見つからなかった。

実家で長男として生まれた僕は、誰に言われたわけでもなく、何時の頃からかも定かではないが、家を継ぐことが当たり前に思っていた。

思い出される記憶は家族と家、共にあるものが多い。祖父、両親が田畑で働く姿は幼い頃から見てきた。秋には一家総出で稲を刈り、棒を組んだ柵に干した。晦日には採れたもち米で、朝早くから餅搗きをした。僕も杵でもち米を捏ねて、搗くのを手伝ったが、直ぐに息が上がって、お餅になる頃には長距離走した後のようにへばっていた。でもその後の大きな粉餅は何個でも食べられた。

家族単位での生活を空気のように感じていた僕とは、違った家族観を持っているだろう娘には、今までしてこなかった、僕の知る三世代前の実家の営みの話をいつかしたいと思っている。昔話なんて娘には迷惑なことかもと思いつつも、祖父や父親にはもっといろいろ聞いておけばよかったと感じている僕の後悔を繰り返さないように。

数日後、実家を訪れた営業マンに僕は、今回のリフォームはお風呂と台所、それと基礎の補強にしたいことを伝えた。それでも更に勧めようとする営業マンに「この家、この先何人が住むか分からへんから、将来柔軟に選択できる状態に留めておきたい」と言っていた。

その二日前。母に娘との話を伝えると「そしたら、今回補修せんとあかんところだけでええんとちがう。先のことは若い人らがその都度決めていけばええやん」と話を纏めるように言った。

「今はそれがええんやろなあ」と僕は頷いていた。

未だ将来の家族像が見えていない僕たちは、家族の変わっていく姿をこれから目の当たりにしていくのだろう。その時は実家の行く末を決める時でもある。結果はどうあれ、その時には少なくとも僕ではなく僕たちで対峙できるよう、日常の中で太い絆を培っていこうと自分自身に言い聞かせる。

汗も引いて、もうひと頑張りと畑に目をやると、家の影はさらに長く移動していたが、ドクダミの群れも負けじと先に続いている。備中鍬を振るう日が続きそうだ。遠くで雷鳴が聞こえた。

ぼっちの旅

小林　依子

夫が死んだ。（そんなあほな。）

漠然と夫婦の別れというのはベッドに近づき体温が失われつつある手を握って
「あなた、頑張って」ピー。

「ご臨終です」

「あなたぁー」（これやがな。）と思い込んでいた。入院して高々一週間。熱が下がらなくて厳しい状態です、とお医者さんから言われても「そんなはずあるかいな。冗談きついわ」

数時間前、

「調子よなってきた。酒が抜けたからや」と元気な声で電話があった。今は高熱でふがふが言っているが、きっとすぐ
「危なかった、死ぬとこやったで」とむくりと起き上がるに決まっている。コロナで病院

内に長くいることはできない時期だった。

「明日また来ら」にアイコンタクトで確かに「うむ」と返事をしたのだから。

翌早朝、病院まで車で後三分という時、スマホが鳴った。

夫が死んだ。（そうか、死んだんか。）

途中コンビニにコーヒーを買いに寄らなければ間に合っていた。

「延命処置は」と問う電話口の人に
「いや、何もせんでください」と伝え、駐車場から病室に早歩きで向かう。時々足がもつれてギャロップにもなる。

昨日と同じ病室には家と同じ寝顔があった。しかし、死んでいる。定番の「あなたぁー」は出てこなかった。

「残念です」という声は水の中のゴボゴボにしか聞こえなかった。昨日はあんなに熱かった額は死にたてほやほやの平熱に戻っていて、死んでしもたんや、とぼんやりと思った。涙も悲しさも心の裏の方に引っ込んで出てこない。急性白血病と診断されてからググる言葉は「治る」「入院期間」「退院後の生活」これっぽっちも思ってなかった夫の死。本で読んだか歌の歌詞だったか【風景がモノクロのまま停止する】を身をもって知った。私の心臓の音だけが体に響く。片や、夫の胸は無音で、その恐ろしさに震えた。

亡くなった人が重なり、火葬場は三日間空きがない。式場の係の人や集まった人に、このお別れの時間に自分を取り戻す。二人きりにしてほしい、と頼んだ（死体やさけ厳密には一人と一体やけど）。そばにいて、出会ったピチピチ十六歳から今までの出来事を、膝突き合わせて語ろう。が、古ぼけたのか、生活に埋もれたのか、所々しか思い出は残っていない。かき集めても砂場でできる小山程度。「少な過ぎへんか。他になんぞなかったか」黙して語らず。「私ばっかり好きやったさけなぁ。そら、あんたは茶碗一杯もないわな」一生に一度の私の恋愛物語の幕が突然下りてスクリーンにはもう映らない。エンドロールも出ない。何より夫の目には私が映らない。

納棺の儀やら一連のものが終わり、贈る言葉を棺桶に書くという今風な儀式があった。私は大きくビールの絵を描き「夫にかんぱーい！」と添えた。満足な出来栄えだったが絵を描く罰当たりは初めてらしい。喪主の挨拶もマイクパフォーマンスで参列者や係の人までを笑わせ、その笑い声に乗ってアドリブが冴える。流行りの歌手のコンサートのように「ありがとー」で締めた。（さすがにアリーナーは言わんかった。）

出棺の「これにてお別れです」の声の後、何度も小窓を開けて覗いた。「もうやめてください」と止められたが、確認せずにはいられなかった。

夫が死体になった。

火葬場のボタンもフライング気味に押し、昔は臭い煙が出たのに、今は臭いもないと冷静に煙突を見る。骨上げでは「私、これが欲しい」と大腿骨を持つと「そんな大きい骨は差し上げられません」と断られた。しぶしぶハンカチに背骨の一部をもらい、骨壺に入った骨と一緒に持つ。

夫がかすかすの骨になった。

家に作られた祭壇の前で、喪失感なのか私が邪魔をした以外は滞りなく式が終わった安堵感なのか。ごちゃまぜの感情で地団駄を踏んだり、部屋中を動物園の猛獣のようにウロウロ歩く。涙は出ないが汗は出た。

そこここに夫の名残はあるのに、本人だけがいない。摩訶不思議な感覚のまま一年が経とうとしていた。

最後に言葉を交わせなかった夫は私に「ありがとう。幸せやった」と言いたかったに違いない。気持ちにケリをつけようと霊媒師に夫を降ろしてもらいたい、と頼んだ。こんなテレビみたいなこと、ほんまにあるんかいな、と半信半疑やったが、荘厳な雰囲気の霊媒師はしばらくして「旦那さんが見つかりましたよ」と静かに言った。

「夫の様子はどないですか。私がおらんで寂しいていうてませんか」

「はい、旦那さんは……」（なんや、言いにくそやな。賽の河原で石でも積んでんのか。）

「現世から解放されてとても幸せだそうです。ずっと我慢されていたんです」

私は驚きと聞き漏らすまいと前のめりの余り椅子から転げ落ちそうになった。言うに事欠いて我慢だと。我慢してたのはこっちやっちゅうねん。昭和の悪しき男尊女卑の考え方

も（あほちゃうか。）と内心思いながら、

「はいはい、その通り！」

「酒が足らん、はよ買うて来い！」（浪速恋しぐれか。）怒鳴り声とともに靴を履いた。気に入らんことがあると暴れ、警察にも留置所にも何度も迎えに行った。いつ、誰が、何を我慢したのか。

「それから、あなたの事はもう見てませんし、何とも思ってないようです」なんと残酷な。生涯愛する一人と決めた相手に一年を待たずして忘れられたか。

　納得できんまま、逆に私から
「ありがとう、と伝えてください」といい霊視は終わった。そりゃ、夢枕にも立たんはず。

「ほんでもまぁ、離れてても私に興味がのうても幸せやったらええとしよう」と誰にともなく呟く。夫が死んだという事実がようやく頭のてっぺんから足のつま先まで広がった。

酒の飲みすぎで生命保険にも入れず、まとまった金もなかったが、私は思いきって25年勤めた会社の役員を降り、退職した。取締役には失業保険もなく、収入ゼロの無職のプーになった。青天の霹靂からのプー。周りは、

「これから一人でお金はどうすんの」と心配してくれたが、本人は不安よりもお金では買えない【時間と自由】を手に入れた。これは人生の最重要アイテムだと今、確信できる。

　夫を連れて行こうと持ち帰った骨だったが、仏壇に放置したまま、ぶらり車で一人旅に

出る。娘の「ガソリン代もいるんやで。何考えてんの、働けっ」というリアルな声を背に、「これで好きなことしたらええ」と息子が差し出したお金を懐に入れ、さすらおうじゃないか。日本は広い。今までも見たことも聞いたこともないものが訪れた場所、場所にあった。これからの行先にも必ず私を待っている。今までの幸せと同じぐらい、いや、それ以上に一人でも楽しみ、驚き、感動し、輝けることを立証してやる。私は笑う。笑い倒して生きる。

「ちょっと振り向いてみただけの未亡人」ぼっちの旅のスタートが夫の死から一年経ってぼっちぼっち始まる。

組み合わせ

吉田　明美

人には組み合わせがある。つくづくそう思う。誰が見てもいい人だとしても、相性が合う合わないというのは、その人だけが感じること。だって、幸せかどうかを決めるのは、その人だけだから。

私の母はいい主婦だった……と思う。美人だし、謙虚だし、何よりも働き者だった。私はよそのおかあさんより、うちのママは完璧な人だと感じていた。

子どもの教育にも熱心で、いろいろな習い事をさせてくれて、お勉強をしろ、なんて言わないけど、お勉強ができる子はいい子だという価値観を植え付けてくれた。母の兄と弟二人は優秀で、「私は女だから大学に行かせてもらえなかったけど、あなたは女の子でも大学に行けるからいいね」と言い続けてくれたおかげで、私は大学に進学するのが当然だと思っていた。

そして、私の父はいい夫ではなかった……と思う。

元来、気の小さい人で自分に自信がなく、卑屈だった。お酒の力を借りて、大きいことを言うが、翌日はいつも自分のしたことを後悔して青ざめていた。

二人は同郷で、縁があって結婚したが、母は、父の実家とまったくうまくいかなかった。父は、実家の中の出世頭で、父の両親は嫁が優秀な息子を横からかっさらっていったととらえていたらしい。だが、父の実家は貧しく、母の実家は豊かで、母にとっては不満ばかりだった。

両親が東京に転居して私が生まれた。

父は、早々と出世街道からはずれた。母はますます父に不満を募らせた。父が定年近くなり、母のあたりはますます強くなっていった。「なぜ自分はこんなはずれくじを引いてしまったのか」と父に向かって訴えた。父はお酒の力を借りて、言い返していたが、分が悪かった。

母が体調を崩した。スキルス性の胃がんに侵され、あっという間に他界した。六十歳だった。まだ六十歳。たったの六十歳。私は、「大好きな母親が亡くなった」という事実をまったく受け止めきれず、父が母を苦しめたからストレスで胃がんになったんだ、父が先に死ねばよかったんだ、と何度も思い、父を責めた。父は、黙って聞いていた。

妻を亡くした人は、がっかりして何もできなくなるとよく聞くが、父はそうならなかった。当時の私は六四歳という父の年齢を、「すでに人生は終わっている」と決めつけていたのだが、父は海外旅行への一人参加を始めた。なんか楽しそうだった。

私が妊娠した時、父はとても喜んで、いつ生まれるのか、男か女か、などと毎日聞き、全国を飛び回って安産のお守りを集めてくれた。それなのに私は、「孫を見たがっていた母に見せられなかった」という後悔ばかりで、幸せそうな父に「あんたが幸せになるな」という態度を取り続けて冷たくあたっていた。


父が七十歳になったころ、父に彼女がいることに気付いた。海外旅行の一人参加で知り合ったその人は、ヤスさん。父より二歳年上の七二歳で、お茶の先生をしていて、最初のご主人は戦争で亡くなったという。前夫の遺産をもつ資産家だった。籍を入れたいと言われたが、私は、気乗りがしなかった。だって、もしパパが先に死んだら、私がヤスさんの面倒を見るわけ？　ヤスさんはママが入っているお墓に入るわけ？　何よりもヤスさんが一文無しならいいけれど、パパ、財産目当てだと思われちゃうよ。こんな私の反応に、父は反論できず、ただこれから先、夫婦として暮らすことは認めてくれと言った。二人でマンションを買って、新婚生活が始まった。

ヤスさんは決して美人ではなかったし、小太りで別に年より若く見えるわけでもない。おしゃべりで、ちょっと雑で、自分勝手なところもあった。たぶん八割の人が、私の母のほうがいい女だと感じると思う。

しかし、もしかしたら父は、母との三五年近い結婚生活でずっと緊張していたのかもしれないと私はようやく思い当たった。ヤスさんと結ばれたことで、父はようやくリラックスした生活を経験できたのだろう。笑顔が増え、酒量は減った。

ヤスさんは、私の息子を本当の孫のようにかわいがった。お年玉は十万円だったりしてびっくりした。ヤスさんの誕生日に息子が「おめでとう」と花束を渡すと、涙を流して感激してくれた。それを見ている父はとても幸せそうだった。

「最後の最後にこんないい毎日が待っているなんて、長生きしてよかった」とヤスさんは私たちに逢うたびに言ってくれた。「あなたのお父さんが私を幸せにしてくれた、ありがとう、それを許してくれてありがとう」とも何度も言われた。私は籍を入れることを反対した痛みを感じ、なんとなく居心地が悪かった。

幸せな時間が過ぎた。息子は小学生になっていた。

ある日、父が「ヤスさんが入院した」と言った。卵巣がんだという。転移もしていて、手の施しようがないと、父は少し涙を流した。

母のときは慌てるだけで何もしなかった父だが、ヤスさんのために、よりよい病院を探し、よいと言われることはなんでも取り入れ、自宅に帰りたいといえば退院させて自宅で介護した。見事だった。

ヤスさんはお星さまになった。父が喪主としてお葬式を出し、私たちは親族として参列した。父との暮らしは八年間。私はヤスさんの亡骸に手を合わせながら、父を幸せにしてくれてありがとう、と心から感謝していた。

半年後、父は検診で「食道がん」という診断を受け、あっという間にヤスさんのもとに旅立った。ヤスさんが亡くなってちょうど一年後だった。

父が病を得てから、一度だけ訊いてみた。「パパ、生まれ変わったら、今度は誰と結婚したい？」と……。私が訊いているんだから、私の母と言うかなと思ったけど、父は「ヤスさん」と答えた。具合が悪い中で、どこまでも正直な父だ。

父と母は、少しだけボタンの掛け違いがあったのだと思う。組み合わせが悪かったのだ。ヤスさんと一緒になった父は、本来の自分を取り戻した。最後の八年間があったから、私は父を思い出す時、母には悪いなと思いながらも、幸せな気持ちになれる。父とヤスさん、いい組み合わせだった。

私は今、六六歳。夫も定年退職をしたし、仕事もぼちぼち引退だ。息子も彼女と一緒にバルセロナに行ってしまった。もう人生の最終章。

でも、私は知っている。人生は何が待っているかわからない。幸せは自分でつかみとらなくちゃ。それを教えてくれたのは、大嫌いだったはずの父と、父を幸せにしてくれたヤスさんだ。

六八歳の夫と、これからも穏やかに幸せに暮らしていこう。

夫と私は、きっと、いい組み合わせだからね。

命のハノン　―孤独を生き抜く為に―

萩原　希見子

「ハノン」はピアノ教則本。指を速く正確に動かす為の練習曲だ。ピアノを習い始めて暫く経つとこの「ハノン」の壁が待ち受けている。とにかく楽しくない。この分厚い教則本は指を速く正確に動かす為の訓練である。乗り越えるべき壁である。鍵盤を一つずつずらして音階を行ったり来たりする。半音ずらす為に黒鍵も全部使う。指が白鍵と黒鍵の上を自在に飛び跳ねるようになるには、気が遠くなるような訓練が必要だ。でも技巧を要する素敵な曲を弾きたいと願うなら、「ハノン」は必須課目である。

「ハノン」は鍵盤を使う楽器の確固たる土台である。人生において「ハノン」とは何を意味するのだろうか。最近頻繁に考えている。

「第二の人生」は実は存在しない。胎内で命が誕生してから息を引き取る迄、人生はずっと継続している。自分自身や環境が大きく変わっても、人生はずっと続いているからだ。「余生」という言葉はむしろ命に対して失礼だ。命を深く考えない人が便宜上使っていると言えないだろうか。

仕事に区切りをつけて転居し、私は新しい生活を始めた。「第二の人生」とは呼ばない。無職になったことと住環境が変わったこと、それ以外は全てつながっているからだ。

住人には不釣合な程大きな庭には、一体どれだけの木が空に向かっているのだろうか。私には、全ての木々が肩を組み、手と手をつないでいるように見える。木々の間を鳥が飛び交い、枝や電線の上で囀《さえず》っている。カーテンの隙間から覗いていても一向に逃げそうにない。人間の気配など気にもかけていない。蝉は激しく鳴く。いや泣く。直《じき》に命が終焉を迎えるのを知っているのか、声を限りに泣く。蝉時雨というより騒音に近い。が、何日か経つとピタリと鳴き声は消える。終わったのだ。花も咲き誇るが、やがて時期が来れば散る。ここは昆虫の宝庫でもある。目を引く紋様の蝶が花びらに浮かんでいる。が、やがて見かけなくなる。命を与えられたものは必ずその終焉を迎える。

義妹の正子が逝って一年が過ぎた。私の心は正子を失った悲しみと無力だった自分への後悔の中で芥《あくた》のように漂っている。時折強い風が白い波頭を際立たせ、私は岸に打ち上げられそうになる。

正子は美人で如才無く、そしてよく笑う人だった。周囲からは「天然」と言われていたらしい。しかし、その笑顔の向こうに、その天然の奥に、深い闇を抱えていたのである。義姉である私は正子の苦しみに全く思い至ることができなかった。

生き続けていると、実に様々なことに遭遇する。楽しいことや嬉しいことばかりではない。むしろ、辛いことや悲しいこと、やりきれないことの方が多い。努力は滅多に報われない。誤解されることも少なくない。正義と呼ばれるものは不透明だ。目の前に広がる世界は漠然としている。霧がかかっているように何の輪郭もはっきりと見えない。霧の中で、正子は迷い子になったのだろうか。手を伸ばして誰かに助けを求めたのだろうか。身動きが取れなくなってその場にうずくまったのだろうか。自分を見失って倒れたのだろうか。気がついた時に、目の前にお酒があったなら、正子が手を伸ばして飲んだとしても不思議ではない。当然の成り行きである。問題はそれが常習化したことだ。

数年後、正子は肝炎で緊急入院した。医者からは「このままでは死にます」と通告された。退院後、正子は酒を止めたと聞いた。お酒さえ飲まなければ、少しずつ回復して元の笑顔の正子に戻る。私はそう楽観的に考えていた。が、それは本当に甘かったのだ。正子は最初の内こそ酒に手を伸ばさなかったし、周囲が飲んでいても自分はノンアルコール飲料を口にしていた。が、やがて隠れて飲むようになった。どんな酒をどれ位飲んでいたのか私には分からない。家族に見つかって叱られるとしばらくは飲まなかったらしい。が、やがて家中に酒が隠されるようになり、家族が取り上げても酒はまた別の場所に隠された。

叱られると正子は泣きわめいて家族を責め立てた。うつ病も併発し家庭の中は嵐のような状態だったらしい。弟は「毎日何が起こるか分からない――、トイレの失敗を片付けている」と言い、家族も崩れそうな口ぶりだった。

最初の入院から約十年後、正子は再び緊急入院した。一ヶ月程入院したら少し回復して退院する、と誰もがそう思っていたのに、状態が悪化――、正子は本当に終わってしまった。まるで自ら人生を手放したかのように。

正子が最初に迷い子になった時、誰か助けることはできなかったのだろうか。誰かの中には勿論私自身が含まれている。正子が亡くなった後、私は正子を助けることができなかった理由を片っ端から数え上げた。先ず遠く離れて住んでいたこと。容易に休めない仕事に就いていたこと。休むには別の人を雇わなければならない。代わりはすぐには確保できないし経済的な負担も大きい。しかも通年忙しい。そして、家族の言葉さえ聴こうとしない正子が、私の言うことなど聴くはずがない、と諦めに近い気持ちもあった。しかしどれも言い訳に過ぎない。会いに行くのが難しければ、手紙や電話等、他にも何かできたのではないか。しつこい程手紙が届き、うるさい程電話がかかってくれば、もしかしたら正子の気持ちに変化が起きたのではないか。

十年前、最初の入院を終えた正子と二人きりで会ったことがある。正子はまだ酒を止めていた頃だ。映画「おくりびと」を観て食事をし他愛の無い話をした。今思えば他愛無さすぎたのだ。どうしてもっと心の中に踏み込まなかったのだろう。嫌われたかもしれない。が、もしかしたら正子は酒を止めようと本気で思ったかもしれないのだ。思い出すと後悔が渦を巻く。

「良い経験だった」と日本語では表現する。特に辛い経験をした後そう言って心を励ますのだ。同様の意味で、英語ではレッスンという言葉を使うらしい。「(人生に)必要なレッスンだった」と。まさに練習曲ハノンである。地味で楽しくない練習をとにかく繰り返す。その先に何があるのか。大きなご褒美が待っているとは限らない。少しの上達か、少し夢に近付くか。でも決して無駄ではない。人生も、沢山の積み重ねをすることで多くを学ぶ。何とか我慢したり何とか楽しみを見つけたり。誰かと係わることにも喜びが有ると気付く。そして、人生には生きる価値が有ると知るに至る。

人は個として始まり個として終わる。孤独である。それはひとりぼっちとか誰ともつながらないということではない。本来、個なのである。個として最後まで生きる為には、積み重ねてきたものを尊重し、そこに価値があると信じる必要がある。

正子の耳にはハノンは聞こえなかったのだろうか。個である自分を受け入れることができなかったのだろうか。

　正子が逝って一年。私は一度も泣いていない。何もすることができなかった自分には泣く資格は無いと思っている。

　正子の人生は私に何を突きつけているのだろうか。ずっと問い続けている。答えは見つかるだろうか。もし、自分を納得させる景色に出会ったら、その時は思う存分泣きたいと思っている。正子を想いながら。

パンの翼

多佳子

台所に立ち、ふと時計を見る。軽快なリズムを刻むように「一・二・三」の数字が並ぶ。パンを焼くようになってから、世間で深夜と呼ばれるこの時間に台所に立つことが普通になっている。まだ朝刊も届いていない静けさの中で、今日の湿度と温度、そして自分の中の不安と向き合う。

「捏ねる前に向き合わないと……」

そう言い切かせ、感じ取った量のイーストと水を混ぜ合わせる。

小麦粉は、あらゆるものを吸収する。水や油分、ニオイだけでなく手にするものの心までも。

「美味しいパンになってほしい……」

ただひたすらにそう想って捏ねられるまで、頭と心の中を澄み渡らせておく必要があるのだ。

入籍すれば妻になり、出産すれば母になる。それはごく自然で、そして普通のことだと信じていた。

思えば幼い頃から普通という曖昧で、それでいて絶対的な存在をいつも気にしていた。幼稚園に通うようになると、帰宅時に母がいないことが普通になっていた。幸い祖父母が同居していたので安全ではあったが、チンして食べる冷凍のエビピラフが美味しいのはいつも最初の一口だけだった。

初めて小麦粉を変化させたのは、小学校の図書室で借りた本の中に「スコーン」というお菓子を見つけた時だった。クッキーでもパンでもないイギリス生まれのそのお菓子が一体どんな味なのか、知りたくてたまらなかった。田舎のスーパーでは無塩バターすら手に入れるのが難しかったが、かろうじて購入できたベーキングパウダーと冷蔵庫のマーガリンで必死に作った。それでも小麦粉は懸命に膨らみ、クッキーとパンの中間のような初めての味わいを私に教えてくれた。

成長する度に皆にできる普通につまずき、皆に在る普通を求めた。そして追い求める度に、現実との溝は広がり、そこに流れる不安の水量だけが増していった。

不思議なことに、作っても作ってもお菓子作りは上手くならなかった。材料とレシピに忠実であることが私には合わなかったのだ。思春期とバターがもたらした吹出物も、私をお菓子作りと、そして小麦粉から遠ざけた。

台所は料理の場と変わり、恋・おしゃれ・受験……そんな言葉を聴きながら普通を追い求める旅は続いていた。皆と同じが普通に一番近いと思い始めると、身を置く場所が変わる度、普通はどんどん変化していった。まるで小麦粉のように……。

好きになったような気がした男の子を自宅に招いた時、初めて家族以外の人の為に料理をした。好物だというコンソメスープとオムライス。しかし、彼の口が求めていたのは、スープでもオムライスでもなかった。裏切られた気がしたけれど傷付かなかったのは、私が先に嘘をついていたから。恋なんてしていなかったのだ。恋や愛、お金やおしゃれ、旅行に買い物……。それらが自分にとっての普通ではないと気付きながら、それでもまだ思春期の影から抜け出せずにいた。ヒールの靴で煌びやかな街に立つより、スリッパで台所に立っていたい……そう思ってしまう自分が情けなかった。

お菓子作りとパン作りは似ているようでまるで違う。同じ材料や道具に「発酵」という要素が加わるだけで、その目的地が全く別の場所になるのだ。「パンは生きもの」よくそう言われる。パンは作り手に全てを委ねてはくれない。作るというより手助け。いわば助手なのかもしれない。

相変わらず普通を追い求めながら、真ん中くらいの高校を出て、地元の中小企業に就職し、普通に近そうな人から未来を語られ、早くも遅くもない年齢で結婚した。パンはまだ買うものだった。

普通の妻、普通の母になりたいと願えば願う程、現実との溝は広く深くなるばかりだった。普通に見える人ほど、そうではない部分の影が濃いこと、母になることが決して普通ではないということ……。叶わない現実が通り過ぎる度、未知の味を求めて台所に立った。普通の結婚生活も、母になることも諦めていた寒さの中で、私のお腹に命が宿った。それでもまだ、パンは買うものだった。つわりの時も陣痛の時も出産の時も、いつも何故か一人だった。元気に泣く女の子だった。

育児書や周りのママに普通を求めては、違う面ばかりを見せる娘を抱えて涙した。少しずつ壊れていく家庭と自分。最後に救いを求めたのが「パン」だった。眠ることも食べることも放棄した身体が、シンプルに焼き上げられたそのパンだけは「美味しい」と感じることができた。

「こんなパンを毎朝食べられたら、普通の幸せが訪れるんじゃないか」

もうそれ以外、道は無い気がした。図書館のパンとつくあらゆる本を借りては作り、朝食に出す日々が始まった。深夜の静けさの中で娘が起きないことを祈りつつ、それでもパンを捏ねている時は不思議と清らかでいられた。娘が「美味しい」と言ってくれるようになる頃には、一日に一度はパンを捏ねないとソワソワする程になっていた。そして何となく、自分が普通ではないことに気付き始めていた。自分にとって普通の最後の砦であった「結婚」を手放す時、その思いは確信に変わっていた。

小麦粉は、あらゆるものを吸収する。喜びも、悲しみも全て。ようやく最近「美味しい」だけが籠ったパンが作れるようになってきた気がする。色々なことを手放せる年齢になってきたこと、そして何より普通を手放すことができたからだろう。

もう、家族の為にパンを焼くことはほとんど無い。家族の幸せは、焼き立てのパンが無くても築けると分かったから。

そして私が、パン屋になったから。

山林《やま》が私を呼んでいる

浅井　洋子

「こんなはずじゃあ、なかった」

奥三河の山林のある家に嫁ぎ、当時は、山林一枚（一山）売れば豪華な嫁入り支度や、家が建つくらいの価値があった。

嫁ぎ先に山林があり、夫が名古屋の高校に勤めていることで、姑とは別居、三世帯同居の台所・トイレ共用、風呂は貰い風呂ではあったが（まぁ、いいや）くらいの、のんきな気持ちで、話が合って三か月余りで結婚してしまった。

〝嫁は手間替わり〟田舎の封建的な暮らしの中で、一人息子が母親一人田舎に残して別居なんて、考えられない時代だった。

親不孝者のレッテルを張られ、村の人たちや親戚からの射るような視線を浴びながら、嫌味を言われ、新婚生活どころではなかった。

夫にとって、別居生活には相当の抵抗があったようで、ぐずぐずしていれば破談になると、デートどころではなく、夫は結婚を急いだようだ。

夫自身も、親戚の娘をもらって田舎に住むことに抵抗があったと言っていた。そのために、私は招かれざる嫁で、よけい、親戚からはいじめられもした。

日曜・休日は田舎に行って山仕事をさせられた。

ハチに刺され、木にかぶれ、へびは出るは、で涙を堪えて、姑に扱《しご》かれながら、植林・下草刈り・間伐と必死で働かざるを得なかった。

姑には苦労話をいつもこんこんと聞かされ、嫁を遊ばせておくわけにはいかないと、口うるさく言われ、田舎に行けば、寝る間も惜しんで働かされた。

夫に不満をぶつけながらも、夫は休日も無く山仕事に行き、がりがりに痩せてしまった。

今にして思えば、私の辛抱が足らず、可哀そうな思いをさせてしまったと悔やんでいる。

辛い山仕事も、運命《さだめ》と思うようになり、育てた木が成長して、森になっていく様子に喜び、愛着も湧いてきた。

三人の子どもたちも、山の堺や小さな木の下草刈りに行くこともあった。

汗びっしょりになり、大変だったと思うが、家族総出で山仕事をしたことは、将来、子どもたちにとって貴重な体験になると思われる。

国の施策で、木材が輸入されるようになってからは、日本材は売れなくなり、木材からの収入は無くなってしまった。

山村の高齢化と収入のない材木を育てる価値も無くなり、それからは民有林は荒れ果ててしまっている。

それでも、わが家だけはとの自負もあり、頑張って山の手入れをしてきたが、夫が五年前、他界して、私も齢八十五歳、気にはしていても、いまは、山仕事は一休みしている。

結婚して六十一年を振り返ってみて、きつい山仕事をがむしゃらに働いてきて、田舎の因習との戦いで生活に余裕が無く、子どもたちには十分に塾にも通わせなかったり、田舎に行くので、友だちとの遊びができなかったことが申し訳なく思っている。

姑との軋轢《あつれき》も、今では懐かしく、へびまでつかむ姑の根性に「あっぱれ姑《ばあ》さん」と称賛でき、姑に扱いてもらったお陰で、強い女に成長できたことに感謝している。

いまでは、集落の人たちに「よう、働くのん、体をおやさん（こわさん）ようにおしんね」と、労りの言葉をもらうようになり、村の人たちの信頼を得るようになった。

奥三河は私の第二の愛すべき故郷になった。

いまは、山仕事をしてきたことに、なんの悔いもない。

むしろ、人の知らない経験をしたことで、思わぬ収穫もある。

創作童話のサークルに属しており、山や野生動物から童話の種をもらい、下手な童話でも、人と違った話題が書けるので、仲間から羨ましがられたりしている。

自費出版で今まで『留守番タヌキ』『お玉ばあちゃん』『ぼくと大ばあちゃんでたんけんだぁ』と、三冊も出版できた。

私は絵が描けないが、文芸社から絵本のお誘いがあり『ぼくと大ばあちゃんでたんけんだぁ』を出版した。絵本を配ることで、大勢の子どもたちから、本の内容を見て「ツチノコ本当にいるの」なんて、言われながら、喜んでもらっている。

夫が亡くなってからは、一人暮らしであるが、自分なりの楽しみを見つけ、庭には季節の花々を植え、通りがかりの人たちに「きれいね」と、褒めてもらうことを楽しみにしている。

三人の子どもたちは、二人ずつ子どもがあり、昨年はひ孫まで一人生まれた。

五黄の寅の娘で根性が座っている、なんて、ひ孫びいきをしているが、孫やひ孫のことは親にまかせ、これからは自分の体を大切に、なるべく自立して、おひとり様の生活をエンジョイしたいと思う。

子どもたちが健康で幸せと思える生活ができるように祈りながら、穏やかな日々を過ごしていきたいと願っている。

そろそろ、山が私を呼んでいるので、いい空気を吸いに、また、山に行こうっと。

天窓《てんまど》のある家

小野　紫音

梅檀《せんだん》の花

私は自分が何者か分からない。目に映るものすべてが薄靄の中にいるようにぼやけている。音は聞こえるがそれも意味をなさず頭の中を通過する。自らの正体も知らずに横たわる物体だ。時折、自らを思い出そうとする瞬間はある。それもほんの一瞬だ。自分で自分の身体を認知もできず、認知できない身体を動かすという動物的な行動もできない存在だ。

「ウタさん、ウタさん。ウータさん」

「あら、今目を開けたような気がしたけど」

「入院してから一週間、このまま」

ウタさんと呼ばれる私は何も分からない。話す言葉さえ意味をなしていない。

私は、海の底に沈んで沖まで運ばれていく五歳児になっていた。あの時は、夏休みのミチ姉さんが海に連れて行ってくれた。ミチ姉さんは六年前に亡くなった筈なのに笑っている。ミチ姉さんの横に座って砂山を作っていた。池も作ろうと渚から川を引くために砂原を走って波打ち際まで行こうとした。青い石が見えたかと思うとつまずいて波が来た。波は海の中に引きずりこんだ。今のこの感覚は、あの時の感覚と同じだ。海に連れ去られたあの時は、天窓を見た。あの懐かしい家には天窓があり、天窓から梅檀の木が見えた。薄紫の小さな五弁の花が重なって咲いている。天窓から見える大きな木だけれど葉も花も小さくて儚い夢の世界に誘い込んでくれる。私は、初夏に咲く梅檀の花を見たばかりだった。薄紫の花の中に吸い込まれていき、同化していくところに又波が来た。今度は波打ち際に打ち寄せる大波だ。ああ、ミチ姉さんだ。ミチ姉さんの目が近付いて覗き込んでくる。

「ウタ、どこにいたの。探していたんだよ。心配したよ、よかった」

私は、海の底で梅檀の花にならずに済んだと安心した。

あれから、ずいぶん遠くへきたものだ。その歳月も今いる場所も分からないけれど、五歳のウタから違うウタさんになっている。

青い蜜柑

よーいドンと号令する先生のピストルの白い煙を見ていたら、友達はもう駆け出していた。母さんが見ているからと足を精一杯に動かす。ルミちゃんはあんなに遠くで走っている。前にはサトちゃんだ。

「一緒に走ろうよ」

横に並んでゴールした。

「ウタ、あそこで追い抜けたのに」

サトが申し訳なさそうに言った。

「あ、あそこにユキ兄さんが」

ユキ兄さんは五年生組体操の出番で出場門に並んでいる。手を振ると照れくさそうに笑った。二年七組の待ち場所に帰って、ルミちゃんサトちゃんと並んで座る。丁度、ユキ兄さんの組体操が始まっている。ピーと笛が鳴ると、直線に整列していた六年生は放射線状に素早く移動する。ピピーと笛が鳴り円を作る。ピピイピイと笛が鳴ると大きな円から八個の小さな円になる。小さな円の中にユキ兄さんを見つけた。今、人間ピラミッドを作ろうとしている。ユキ兄さんは土台で頑張っている。三人の上に二人が乗りその上に一人が乗って仁王立ちすれば完成だ。ユキ兄さんは一生懸命耐えて成功した。

「すごいね、すごい。わーいわーい」

パチパチパチパチパチ、ルミちゃんサトちゃんと一緒に大きな声で応援する。声援と拍手で、観客は盛り上がる。

運動会のお昼は、お弁当を母さんが持って来てくれる。裏門の横の鉄棒の前で待つ約束をしている。約束場所に行くと、今日は父さんも来ている。ゴザを敷いて父さん母さん、ユキ兄さんと丸くなる。真ん中にお弁当を並べる。アナゴと干瓢と人参が入った海苔巻き、きれいな黄色の出し巻き卵、甘いあまいウズラ豆、紅白のかまぼこなどがお重にぎっしり詰められている。天窓の下で何日も前から母さんが準備した料理だ。運動会よりこのお弁当が食べたかった。ユキ兄さんも思っていたんだ。口をあんぐり開けて目を細めて叫ぶ。

「美味しい、うまい、うまいなあ」

父さんも母さんもユキ兄さんも私も目を見合わせて微笑みあって一斉に声を出す。

「美味しい、おいしい、おいしいなあ」

栗のゆでたのや柿や蜜柑まで並べてある。柿も蜜柑も、出始めで未だ十分に熟れてはいない。ユキ兄さんは、この時期の青い蜜柑が大好きで一番に手を伸ばす。

「おう酸っぱい、うーんすっぱ、すっぱ」

と言いながら、青い蜜柑を房ごとかぶりつく。

「私もみかん」と

手を青い蜜柑に手を伸ばそうとした。一生懸命を伸ばすのだが、届かない。

「お母さん、お母さん」

「よかった、気が付いたんだね」

見覚えのある顔が私を覗き込んでいる。娘だった。娘は長い髪を撫でつけて化粧気のない頬をゆるませている。

娘の話では、私は新型感染症に罹患し三日間高熱が続き意識不明だったという。

合歓《ねむ》の花咲く家

私の名前はウタ、年齢は七十四歳、現在は独身だ。ミチ姉さんもユキ兄さんも父も母も、もうこの世にはいない。新型感染症にかかる前は夫婦二人暮らしだった。八月二日、私が高熱で寝込むと同時期に、ある女性も高熱で寝込んだ。夫は、神戸に住む娘を呼び寄せて私の看病は任せてしまう。その女性が一人暮らしだから可哀そうだと、夫は我家を出て行った。女性の家は我家から車で数分の借家に住んでいた。女性宅には、十三歳の男子がおり、夫との間の子どもだという。女性は中国人でカラオケ喫茶に勤めていた。カラオケに出入りする夫と意気投合して仲良くなった。

「寂しかった、寂しかったんだ」

夫は言い訳をした。

「言い訳なんかするな。その女と一緒になりたいだけじゃないか。ばかやろう」

大声で怒鳴って家から追い出したかったが、何も言わずに出て行くのに任せた。庭には合歓の花が薄紅色に煙っていた。この家には天窓はなかった。

天窓のある家

娘は泣き腫らした目で悲しそうに言う。

「いつも私のところにお手伝いに来てくれていたから、こんなことになったんだね。ごめんね、本当にごめんなさい」

確かに、この二十年程は、娘のいる神戸と我家との間を往来する年月だった。娘の子供が生まれると頼まれれば手伝いに行き、娘の三人の子どもの面倒を見に行く往来生活をしていた。それは夫も理解しているはずだった。身体的に淋しいのはお互い様だろうし、そんな余力がある年齢でもなかろうと思い込んでいた。夫は元夫になった。感染症になってから三週間が経った八月下旬、娘は神戸に帰って行った。

「いつでも神戸に来てね。前みたいに一緒に暮らそう。待っているよ」

あの感染症は何だったのだろう。全てを無にしてしまう力でもあるのか。一人になった私は、娘と元夫で幸せと思って暮らしていた家を売り払った。我家でなくなった家の庭の合歓の花が萎れていくのを眺めながら、父方の祖先のことを思い出した。昔々の家にも天窓が有って、その窓から星々が見えたという。星々のどれか一つが自分だけの星で自らのよき方向を教えてくれるという。その家はもうない。それでも、昔々に祖先が住んでいたという「天窓のある家」を作ろう。天窓のある家で、窓から星々を眺めて過去と未来を繋ぐ今を生きよう。今の私に連なる祖先に感謝し、私から未来に繋がる娘家族の幸せを祈り、星になった家族に会う日を待とう。

「私は、ひとりだけど、ひとりじゃない」

ウタは、心の中の天窓に向かって叫んだ。

小鳥は影に挑まない

伊若杏

落とさないように、必死に守って抱え込んでいたものを投げ出した。五十三歳、身軽になって、笑って生きることにした。

子どもの頃、「親の言うことだけ聞いてれば間違いない」と言われて育った。その通りにすれば親に叱られないで済んだ。自分の気持ちや考えを抑える我慢を身につけていった。息の詰まる家庭から逃げたくて、二十一歳で結婚をした。「自分の好きで結婚したのだから、泣き言は聞かない」父が言った。元から、この家に頼ることは考えていなかった。

夫は東京で会社員として働き、故郷の京都に戻らないと言っていた。当時十ヶ月になる息子とお腹の中に子どもがいた私に、「兄と起業するので京都の実家に帰る」当然のように言った。相談なく仕事は辞めており、私は幼い子供とついて行くしかないと了承した。

夫は結婚時の約束を簡単に破った。関東から京都に移り、二人目の長女、三人目の二女が生まれ、私は三人の子の母親になった。知らない土地、慣れない京都弁に苦労したが、子ども達を通じて友人が増えていった。

夫は子どもが生まれるたびに、我儘な子どもに返っていき、自分に注意が向かなくなり機嫌が悪くなっていった。仕事は共同経営の兄に言われたらする程度で、自分の部屋にいる時間が多くなった。子ども達を保育園に預け私が働き、貯金を切り崩して生活した。

ある日、お金がないと私が話しだすと、夫は舌打ちして自分の部屋に駆け込んだ。ドアを閉めると同時に「あぁー」と大きな声とドン、ガッシャーン、何かを倒したり投げたりしている音が聞こえた。私は怖くて部屋に入れなかった。その後も話しかける度に荒れる夫に対して、恐怖と絶望と諦めしか感じなくなった。子育ての期間、私は仕事とお金の工面に頭を痛め、夫の言動に怯えていた。

三人の子どもは私にとってすべての存在だった。いつか家族五人で笑えるようになる、子ども達のために私が我慢しよう。微かな希望にすがって暮らしを続けた。私は感情の起伏が無くなって、表情が消えていった。体は休みなく動いているのに、ペットボトルの中にいて、流れのない池に浮かんでいるような毎日だった。

夫は、自分の子どもとも話をしなかった。子ども達も父親に話しかけない。私が守ろうとした、理想の家庭と真逆の家族が出来上がっていた。

「お母さん達を見てたら、結婚なんてしたぁない。辛いだけやん。はよ、離婚したらいい」

長女が高校生の時、泣きながら言った。私は「今は無理」とだけ答えた。そのうち良い夫婦になれるかもしれない、私が我慢すればいいと、自分に言い聞かせた。

私が何も感じないふりをして、笑っていない笑顔を作っている間に、子ども達は次々と家から出て行った。

夫は、私と二人の生活が始まると、テーブルの上にルールを書いたメモを置くようになった。『音を立てるな』『くだらない話をするな』『食事は同じ時間に用意すること』等々。テーブルの上のメモ書きが増えていくのを見て、息ができなくなり救急車で運ばれたこともあった。過換気だった。

そんな家で私の帰りを待ってくれていたのは、二女の可愛がっていたオカメインコの「おてもやん」だった。アパート暮らしに連れて行けず、私が面倒を見ていた。私が帰ると全身で嬉しい、お帰りと迎えてくれていた。辛いと思う家に、私が帰る理由だった。

子ども達が帰省し、久しぶりに家族が揃った年末、二女と私が「おてもやん」の異変に気付いた。咳込み食欲がなくなり、三日後の元日に私と子ども達の見ている中で亡くなった。八年間、一緒に暮らしてきた「おてもやん」の死に、みんなが泣いた。感情を失くしていた私が、大声で泣いた。涙が止まらなかった。夫は、泣いている私達をチラッと見ただけで、部屋に籠った。家で私を待っていてくれる子はいなくなった。

私と二女は「おてもやん」の死から、なかなか立ち直れずにいた。心配した長女が、「鳥のいるカフェがあるよ、行こうよ」と誘ってくれた。それぞれ別の家から、カフェの最寄り駅に集合した。化粧をしてパンプスを履いて出かけた。母娘三人で遊びに行くことはほとんどなかったので、デートのようだと思いながら電車に乗って出かけた。

カフェに入り、「おてもやん」の思い出を話しながら食事をした。ガラス越しの鳥たちを見て「かわいいね、本当にかわいいよね」いつまでもこうしていたかった。インコのラテアートが運ばれてきた。カフェラテを飲もうとする私に

「お母さん。お母さんの居るところが私たちの故郷だよ。あの家じゃない。私達は大丈夫だから」あの日、離婚しろと泣いた長女が言った。子ども達は大人になっていた。その時、我慢で蓋をされていた夫に対する私の本音が込み上げてきた。

分かり合えないなら、離れたほうがお互いのため、我慢することはない。

夫と向かい合って話をするくらいなら、死んだほうがいいと本気で思っていた。対峙する恐怖が離婚を切り出せない大きな障害だった。長年勤務した職場に辞めることを告げ、後に引けない状況を自分で作った。

恐怖の気持ちを奮い立たせ、夫に話した。

「離婚する。埼玉の母のところで暮らす」

夫は突然に離婚を切り出されたという感じで「はぁ?」と不思議そうな顔をした。話し合いはほとんどなく、夫は無言で「今後、夕食はいりません。慰謝料、出ていくまでの生

活費、その他の金は一切払いません」とメモをテーブルに残し部屋に戻りドアを閉めた。お金はいらない。無いのは知っていた。私が渡した離婚届は、数日後記入してテーブルの上に置いてあった。

五十三歳での離婚、夫はもうすぐ六十歳だった。あと少し我慢したら、夫の年金が入り少しは生活が楽になったのかもしれない。

私の残った人生で、元気に動ける時間は少ない。見たいもの、やりたいことがまだたくさんあると気が付いた。夫のメモ書きを見るたび、過換気になる生活は時間の無駄だと思った。

「おてもやん」の死と長女の言葉が、ここにいても仕方ないと私に決心させた。小さな骨壺を抱きながら、今まで頼ったことのない八十過ぎの母親に、同居したいと助けを求め、埼玉で新しい生活を始めた。

初めの頃は、大きな音や舌打ちが聞こえる気がして、過換気をおこした。それでも時間が過ぎ、少しずつ落ち着き感情を取り戻していった。子ども達は私に付き合ってくれた。四人でディズニーランドへ行き、みんなで音楽ライブに行った。息のできる幸せ、なんて楽しいのだろう。

父が亡くなった後、塞ぎ気味だった母は、私が同居してから孫が頻繁に来るようになり、明るくなった。

私が逃げることを選択して五年が過ぎた。

その間に、私はまた仕事を始めた。重苦しいコロナ禍でも、私の仕事は変わらず忙しかった。結婚に希望がないと泣いた長女は結婚して母になった。二女は夢を叶えアパートで二羽の鳥と暮らしている。長男から婚約したと連絡がきた。

母は毎日探し物をして、機嫌が悪い。問題行動が増えて目が離せなくなってきている。それでも、五年前の生活より心に余裕がある私は、「仕方ない」と受け入れられる。人を頼る、挑んでも無理なら逃げる。自分が笑っていられる選択をしたら、笑い合える家族になれた。夫、父親がいないだけだ。

死ぬまでにやりたいことが、こんなに思い浮かぶ、笑って暮らせる今が幸せだ。

父を想う、時もある。

井澤　とみ

35歳で幼い子供と離れ離れになった男の人生とは、どのようなものだろう。父は、子供がいない人生を受け入れ、第二の人生を始めることができたのだろうか。

私の両親は、私が8歳の時に離婚した。原因は父が作った借金だった。実際には大した額ではなかったらしい。ただ、借金をしていることを長年母に隠していたことで信頼関係にヒビが入った。父の言い分は、株で儲けて家族に楽な生活をさせてやりたい、だった。父の実家に比べて母の実家は裕福で、母の母、私の祖母が私たちの家を購入した。祖母の家と私たちの家は目と鼻の先だったし、そういった窮屈さが父をギャンブルに走らせた要因かもしれないし、ただのギャンブル好きだったのかもしれない。私は父の性格を知らない。覚えているのは、デブだったことと皮脂で鼻がいつも光っていて黒縁メガネがよくずり落ちていたことと、前歯が2本なかったことだけだ。姉と兄の話によると、なぜか自信満々で堂々としていて、ユーモア溢れる面白い人だったらしい。けれど怠け者で、ひたむきに何かを頑張るタイプではなく、いつもソファで寝ていたらしい。やはり、ただのギャンブル好きだったのかもしれない。

両親は離婚し、祖母が買った家を父だけが出て行った。幼い頃、母子家庭であることを大人たちは可哀想だと言った。寂しいでしょうと言った。そんな時はいつも苦笑いをしてやり過ごしていた。はい寂しいですと肯定もしなかったし、いいえ寂しくありませんと反発もしなかった。どんな反応をしようと、意味がないことはわかっていた。実際の私は、母子家庭であることを寂しいとも可哀想だとも思っていなかった。私には6歳上の姉と3歳上の兄がいて賑やかだったし、母の無償の愛を常に感じていたからだ。離婚直後は「お父さんがいなくて寂しい」と何度か言ったことがあるが、それは子供ながらに今はそう言ったほうがいいかな、そう言ってあげたら父が喜ぶかな、みたいな、子供なりの気遣いだった。本当に寂しいと思う瞬間も一度や二度はあったのだろうが、それよりもパフォーマンスとして言っていた記憶の方が強い。私は子供の頃、父がいなくても大したことなかった。強がりではなく、本当に大したことなかったのだ。

本当に悲しいのは、大人になってからだった。時々、ふと父のことを考える時間が訪れるのだ。一年のうちの数日、30分ほど悲しい気持ちになるだけなので、日々のメンタルに影響を及ぼしているとは思わない。ただ、私の心の中に癒えない悲しみが存在しているのは確かだった。私は末っ子なので、母と過ごす時間が多かった。姉と兄のそれぞれの反抗期、母は心無い言葉を投げつけられていたし、父がいなかったのでそれらを母は一人で受け止めなければならなかった。傷つけられても決して諦めず、愛情を持って姉と兄に向き合い続けていた母の姿を私はずっと見ていたし、だから私には反抗期がなかった。姉が実家を出る日、姉を乗せた引っ越し業者のトラックを静かに見送る母の横顔を私は隣で見ていた。兄が就職し遠方の社員寮に入寮する日、新居を整えたあと兄だけを残し帰途につく車内で、静かに遠くを見つめる母の横顔を私は隣で見ていた。

どちらも同じ横顔だった。

その横顔を私は今も忘れられない。

こうして一時は5人で暮らした家に、母と私の2人が残った。この時、私は一生家を出ていかないと誓った。

母と二人暮らしになってから5年、21歳になった私は付き合いたての彼氏が上京することになったのであっさり故郷を捨てて燃え盛る恋の炎を原料にして上京した。少し前に兄が仕事を辞め、同棲していた彼女に捨てられて実家に戻ってきていたので、私は実家を出ることの罪悪感を強く感じずにいられた。上京して母と離れてからも、私は父に会いたいとは思わなかったし、ラブラブ同棲中の彼氏のことで頭がいっぱいだった。私の人生において、父が占める割合は職場の嫌な上司より少ないのだけど、やはりこの時も、一年に数回、父のことを考える時間があった。姉と兄は父の連絡先を知っていたし、離婚後も何度か会っていたので私も会おうと思えばいつでも会うことができた。だけど、私は会おうとしなかった。父は、私が元気なのか姉や兄にさりげなく探っているらしかったが、父から私に積極的なアプローチは一度もなかったし、だから私は拒否していたわけではない。ただ、なんとなく、でもどうしても、会えなかったのだ。父に会うことを母に制限されたことはない。ただ、私には父に会うという選択肢がなかった。父と会うことは、母への裏切り行為だと思っていた。

母親が娘を愛する物語の小説や映画を見ても、私は泣かない。感動はするが悲しくはならないのだ。でも、父親が娘を愛する物語の小説や映画で私は猛烈に悲しくなり、号泣してしまう。父もこんな気持ちで私を想っているのだろうかと父の気持ちを想像して、悲しくて泣くのだ。この20年間、何を願い、何を心配し、何を伝えたかったのだろう。私を想い悲しい気持ちになった日は何日あったのだろう。1日でもそんな日があったのならば、それはとても可哀想なことに思えた。このぼんやりとした、けれど確かに存在する父への特別な感情を姉に話すと、「お母さんには十分に愛させてあげた自信があるから大丈夫なんだね」と言った。その通りだと思った。自分ではこのぼんやりとした悲しみの正体を長年見つけることができなかったが、姉に言語化されたことで、私は父に対して抱いている感情をはっきりと自覚した。私は父に対して、得体の知れない申し訳なさがある。「十分に愛させてあげれなくてごめんね」そう思っている。

私は父に会いたいと思った。もう28歳になってしまったが、今からでも私の人生に関わらせてあげたかった。不思議なことに、20年会っていない子供のことを愛しく思うだろうかという不安は一切なかった。「お父さんは子供たちのことをすごく可愛がっていた。父親としては最高の人だった」と母は昔から何度も私に言っていた。当時は特に何も思わなかったが、大人になってから母の言葉が効いてくる。だから私にとって、父が私を愛していることは太古の昔から当たり前の事実だった。本当に、母の子育てが見事である。父に愛されているという自信があることが、私が母に愛された証だ。いつだったか兄が言っていたことを思い出す。「親父、子供のことは母さんに任せておけば大丈夫って思ってるらしい」なんかもう、それだけで十分だった。

両親に愛されているという絶対的な自信を持たせてくれたこと、両親が互いに子供への愛情を認め合っている姿を見せてくれたこと、両親には感謝してもしきれない。豊かな人生を送るために必要なアイデンティティを形成するための土台は、両親がしっかり与えてくれた。この土台があるから、私は様々な経験や感情を味わいながら心を養っていける。幼い頃、母子家庭であることに哀れみの目を向けてきた大人たちに、私は幸せだと今なら胸を張って言える。

父に会いたいと兄に伝えた。「会って後悔することはないと思うよ」と兄は言い、父に私が会いたがっているとメールを送った。「親父、今頃歓喜の舞を舞ってると思うよ」と兄は言い、私は笑った。

28歳になった娘の姿を見て、父はどんな顔をするのだろう。56歳になった父は今どんな人生を歩んでいるのだろう。思い出話をしに行くつもりはない。今、何を見て美しいと思い、何をして幸福を感じ、何に怒り何に苦しんでいるのか。私は父のことを知りたい。私にとってたった一人の父と話がしたい。だから、会いに行く。

ラズリー

河音　直歩

中学二年で学校へ行けなくなった。同級生とは仲が良く、先生から信頼されていた。けれども日に日に友だちの視線や言葉が、私を圧迫するようになっていった。他の子が嫌味を言われているのを聞くと、緊張する。誰かが笑い話のように言った悪口が、耳の底に残る。私に向けられているのが親切な言葉や態度であっても、そこに本当に敵意が含まれていなかったか、夜の布団の中で点検せずにはいられない。言葉は鋭い氷柱《つらら》のようだった。絶えず私の頭上に垂れ下がって、それを落とすのも傷つくのも自分自身だと知っているのに、なす術もなく恐ろしかった。

そして恐怖を抑え込めなくなった私は、制服姿で出かけ、マンションの立入禁止の屋上に忍び込み、そこで日がな一日過ごすようになった。自分は何をしているのだろう、精神がおかしくなってしまったのだ、親はさぞ失望するだろう、と泣きながら、母の作った弁当を食べた。

　やがて、不登校が両親にばれた。母が私を、自分の故郷の外国へ連れ帰った。転校先で友だちはすぐできたが、すぐにまた恐怖はぶり返した。学校へ行くふりをして玄関を出て、母が仕事へ出かけたあとに家へ戻る。情けなくて、泣いて過ごす。涙が枯れたら、延々とテレビばかり見る。それもまた、母の知るところとなった。

　母は、私のために犬を飼うことを提案した。

　ペットショップで出会ったのが、橙色と黄色の薄い毛を生やした、小さなポメラニアンだった。彼女に魅了された店長が自分のペットにする心づもりがあって、生後半年だというのにかなりの高値がつけられていた。彼女だけが、試しにケージに入れた私の指を噛まずに、優しく舐めてくれたのだ。だからこの子が欲しいのだと伝えると、店長は誇らしげに笑って、彼女を売ってくれた。

　ラズリーと名付けた。名前はすぐ覚えてくれた。夜泣きは、初日に母が怒鳴りつけたら二度としなくなった。ごはん、よし、だめ、も一度で覚えた。たいてい椅子の下に隠れている彼女は、呼ぶと、椅子の脚の後ろに顔を寄せ、真ん丸な眼を片方だけ出してこちらを見返してくる。やがて、ゆっくり近寄って来る。普段は吠えないが、母や私が外出から戻って玄関の扉を開ける数十秒前から、そのときだけ、嬉しそうに吠える。スリッパを噛み潰す。光るものを自分の小屋に隠す。いつも、私と母のいる位置からちょうど真ん中に座って、こちらを見つめている。

　進級し、少しだけ胸のつかえが取れて、通学できるようになった。同級生と互いの犬猫の話をして、打ち解けることもあった。写真を見せると、ラズリーはたちまち人気になった。何度か同級生と対面した。撫でられている間、彼女はゆったりと私たちに体を寄り添わせ、身じろぎもせずに、こちらをじっと見上げている。鼻が黒々と濡れている。

　帰国し、高校に進学した。友だちや先生に恵まれたが、しばらくすると、再び息苦しくなって、学校に通えない日が増えてきた。家で泣いていると、ラズリーが、お尻を私の体にくっつけるようにして、隣に座りに来る。立ち上がると、すぐ後ろを付いて歩く。私は柔らかい毛並みに顔をうずめて、ううう、と息を吸ったりする。優しい友だちと一緒に、ラズリーと散歩をする日もあった。友だちもラズリーも、何も私に訊ねないで、ゆっくり並んで歩いてくれる。そうして少しずつ、また学校に行く日が増えてきた。

　ラズリーの散歩は変わっていた。リードを着けると歩かなくなるので、手放しで横に並んで歩く。数歩歩いては立ち止まり、丹念に辺りの匂いを嗅ぎまわって、満足すると、その場に座り込んでしまう。一緒に出かけるときは紙袋に入れる。どこへ行っても鳴かない、粗相もない。たいてい中で眠っている。一度指示すれば、すぐ従ってくれる。目線で意思表示をする。賢い犬だとよく褒められる。

　深夜に彼氏と電話をしたり、こっそり玄関で会っていたり、親に内緒でこれから会いに行こうと身支度しているとき、彼女はいつの間にか目の前にやって来て、そわそわと落ち着かない私を見上げている。心配しているようにも、見守っているようにも見える。

「おいで、抱っこしてあげる」

と手を伸ばすと、ふわふわの毛をなびかせてどこかへ歩いて行ってしまう。

　大学を卒業後、就職した。厳しい先輩のもとで、曜日の感覚を失うような忙しい日々が続いた。先輩たちの視線や言葉が、形を変えて、また氷柱があらわれはじめた。恐怖して身動きが取れなくなるような子どもではない、と自分を奮い立たせながら、朝、玄関から出て行く。しかしあるとき、先輩に何十分も怒鳴られた。理不尽だと感じて、汗が吹き出た。けれどこれを職場の誰に伝えたとしても、彼らは先輩の自己弁護を信じるだろうと予感したら、そこではっきりと、心がばらばらに千切れた気がした。翌日から会社に行けなくなった。耳の奥で、怒りに震える声と自分の涙声とが入り混じり、反響する。ベッドに丸まりながら腕を床へ下ろす。すぐ、ラズリーの濡れた鼻先が、つ、と肌に触れてくる。

「なあに」

　そう問いかけると、彼女は私の手へ背中をあてるようにして、長い間、動かない。私がだるい眠りから覚めると、ラズリーはまだ同じ場所にいて、丸まって眠っている。そのふさふさの体の上へ、あたたかい陽光が帯になって斜めに掛けられている。金色に輝く彼女のきれいな毛を、そっと撫でる。彼女は眼を開け、鼻を少し震わせ、またすぐ瞼を閉じる。

やがて異動やさまざまな人の助けを経て、私はまた会社へ毎日通うようになった。出かける前、帰ってすぐ、ラズリーを抱きしめる。上着も脱がないまま腕の中で撫でていると、彼女は体重を思い切り預けてきて、ずしりと重い。それからあとはずっと、家族全員を眺められる居間の入り口へ移動して、前足を組んで座っている。以前よりも走らなくなった。毛は橙色から白へ変わってきて、ひげも色が抜けた。おばあちゃんのひげだね、とからかった。

しばらくして私の体に犬アレルギーがあることがわかった。ちょうど結婚し、家を出る時期が近かった。私はくしゃみと鼻水でぐちゃぐちゃになりながら、彼女を抱っこし続けた。新居へ移ったあとも、たびたび会いに行った。気がつけば彼女はだいぶ足腰を弱くしていて、体を揺らしながら私の後を付いて来る。私はわざと床へ寝そべって、彼女がぴたりと寄り添うように隣へ座りに来るのを待つ。ラズリーは優しいから、この期待が空振りに終わったことは、ただの一度もなかった。

結婚生活は一筋縄ではいかなかった。一度、実家へ戻った。ラズリーはほとんどの時間、眠っていた。けれども、私がベッドでうなだれていると、たびたび、こちらへ歩いて来る足音が聴こえてくる。濡れた鼻先で私の腕にそっと触れて、その場に腰を下ろし、前足を組んで私を見ている。眼は黒く、やさしい潤みで光っている。思えば、ラズリーと出会ってから、一度も孤独に押し潰されたことがない。一人で部屋に閉じこもっていても、彼女は扉を前足で押して、何度も押して、私に中へ入れてもらうのを待っていた。

夫婦関係は持ち直した。夫もラズリーを大好きになった。そして翌年、彼女は突然起き上がれなくなった。救命救急センターの方は、

「相当苦しいはずなのに、まだ一生懸命体を動かそうとしています。生きようとしています。本当にとても強い子です」と言った。しかし容体が急変し、彼女は亡くなった。出会ってから、十六年が経っていた。

眼を閉じれば、今もそばに彼女が座っている。前足を組んでじっと私を見上げている。そこにはいつもあたたかい日差しが降り注いでいて、私の心は決して凍えることがない。

監督様《カントクニム》

関　勝

約五年間、駐在していた韓国から帰国してはや八年。人間、いくら親しい間柄だったとしても一旦離れてしまうと心まで離れてしまい、やがて忘れられるというのが世の常だ。だが、彼らは私を忘れなかった。駐在生活の余暇を楽しむために、加入した草野球チーム。そこで彼らに出会った。野球経験のない高校生や大学生数人のチームは、どう見ても野球が上手くなりそうな雰囲気はなく、私は入れてもらうチームを間違えたなとさえ思った。そんな彼らは高校野球の経験がある私に、ぜひ監督になってもらいたいと言い、少し悩んだが、これも何かの縁だと思い引き受けることにした。その日から、彼らは儒教思想の残る韓国では目上の人や肩書きのある人に対して〈様〉をつけて呼ぶことから、私を監督様（カントクニム）と呼んだ。監督となった私は、つまらないことは承知だが、準備体操からキャッチボールばかりを何週間も続ける基本練習の繰り返しを指示した。それでも彼らは熱くなりやすく、せっかちな国民性がそうさせるのか、土日は必ず早朝から日が暮れるまで練習したいといい、早く上手くなり試合をしたがった。私自身、立派な野球経歴があるわけでもなかったが、彼らの熱意に応えるため、私が高校時代に教わった効率的な練習方法で一人一人に向き合い、ひたすら練習に付き合った。どういうわけか、それがちょっとした噂となり、日本人監督のいるチームに加入者が後を絶たなくなり、気付けば総勢二十四人の大所帯になっていた。練習はいつも、とある高校のグラウンドや河川敷の空き地で行い、お腹がすくとジャジャン麺や辛いチャンポンを出前でとり、グラウンドに座り込み、みんなで一緒に食べた。灼熱の日差しが降り注ぐ真夏の暑い日は、日焼け止めクリームを塗り、川に人が立てるほどの厚い氷が張る真冬にはドラム缶に焚き火で、暖をとりながら練習した。そんな週末を続けていくうちに彼らとの距離が近くなり、日頃の悩みを話してくれる者が増えた。大企業に入社することだけを考えて良い大学に入ったが、現実は絶望的なこと、軍隊に入隊しなければならない歳になったが、団体生活をする自信がないなど、そんな悩み多き韓国の若者達のヒントになったかどうかわからないが、その都度、私は最善のアドバイスをした。しかし、出会いがあれば別れがある。彼らは徴兵の連絡がくれば、無条件に軍隊に入隊しなければならないし、就職のため、地方に行く者もいる。そして私も駐在員の身分である以上、いつかは帰国する日が訪れる。そこで私は彼らに(たとえ私達がバラバラになっても、チームの誰かが結婚式を挙げる時、またみんなで集まろう。）と約束した。それから数ヵ月後、急遽、私は帰国することになった。週末の度に練習や試合に駆り出されて、まともに韓国内の観光地にも行けず、妻に寂しい思いをさせたかなと後悔する部分もあったが、韓国の若者達と過ごした時間が何事にも代えがたい大事な財産になった。そして帰国の前日、あるメンバーが私に手紙をくれた。そこには〈自慢できるカントクニム（監督様）であり、アボジ（お父さん）でした〉とあった。私はそれを見た瞬間、涙が止まらなかった。思えば、私は彼らに酒飲みで暴力的な父親、それに嫌気が差し失踪した母親を恨んで育った生い立ちを話したことがある。中でも両親は諦め、小さい頃からかわいがってくれた叔父さん（母親の弟）が、いつか迎えに来てくれることだけを信じて、養護施設で待っていた話に興味津々のようだった。結局、一度も来なかったという話の結末に彼らは（じゃあ、僕らのアボジ（お父さん）になってくださいよ。）と言った。あの思いもよらない発想と言葉を思い出した。

そして韓国から日本に帰国して四年後、メンバーのMが彼女を連れて大阪の私の自宅を訪ねて来た。手渡されたのは結婚式の招待状。厳しくも楽しい時間を一緒に過ごしたメンバーの結婚式。当然、出席して祝いの言葉をかけてやりたい。しかし、折しも結婚式の行われる十一月は、日本製品不買運動、所謂ノージャパン運動の真っ最中だった。

状況が状況だけに日本人の私が出席することにより、両家の家族にとって頭の痛い問題にならないかと危惧し悩んだ。そんな雰囲気を察して彼が「僕たちは日韓関係を越えて、既に家族関係なんですよ」と電話をくれた。その一言が妙に心に響き、夫婦で出席することを決めた。結婚式当日、式場に向かうと、既に懐かしいメンバー達が、私を待っていてくれた。嬉しかった。中には泣き出す者もいて、ただただ感動した。彼らはまだ私をカントクニム（監督様）と呼び、一人一人挨拶してくれた。そこからまた四年後の今年五月。またメンバーのＩから招待状が届いた。前回のＭと同様に航空券、ホテル、交通費まで全て決済済みだと言う。（無理すんなよ。）と言う私にＩは、（この程度では、あの時の恩はお返しできません。）と笑った。私が韓国にまで結婚式に招待されるという現実に韓国人の私の妻は、（韓国人同士でも、そこまでしないよ。本当に家族だと思ってるんやなあ。）と喜びよりも、半ば呆れている。

私は五十を過ぎた最近になり、ようやくわかってきたことがある。微かな望みを持ち、待っていた叔父さんは来なかったが、自分自身が誰かの頼れる叔父さんになりたかったのではなかったかと。そんなことを考えながら、今、私は十一月のＪから招待を受けている、メンバー三回目の結婚式に行く準備を着々と進めている。

Re ライフ文学賞　短編集 3

2024年10月20日　初版第１刷発行

編　者　「Re ライフ文学賞　短編集３」発刊委員会
発行者　瓜谷 綱延
発行所　株式会社文芸社
〒160-0022 東京都新宿区新宿1－10－1
電話 03-5369-3060（代表）
03-5369-2299（販売）

印刷所　株式会社晃陽社

ISBN978-4-286-25885-0